www.tredition.de

AF198090

Sarah Pérez Girón

Höhepunkt in Blau

www.tredition.de

© 2016 Sarah Pérez Girón

Verlag: tredition GmbH, Hamburg

ISBN
Paperback: 978-3-7345-4874-1
Hardcover: 978-3-7345-4875-8
e-Book: 978-3-7345-4876-5

Printed in Germany

Para ti, Vicente.
Siempre serás con quien
quería pasar el resto de mi vida.
Infinito y para siempre.

Kapitel 1

Wenn ich an Josie zurückdenke, ist in meinem Kopf immer Sommer. Obwohl wir doch auch dreimal Herbst, Winter, Frühling miteinander verbrachten. Josie war wie der Sommer. Ein durchgeknalltes Glühwürmchen, das Karussell tanzt, bis es gegen die Wand knallt. Ein Sommergewitter in Orange und Tiefschwarz. Mit Josie waren die Nächte zu kostbar zum Schlafen und das Leben zu kurz, um innezuhalten. Auf die Dauer ist so viel Sommer im Kopf nicht auszuhalten. Vielleicht war das der Grund. Vielleicht hatte Josie sich selbst nicht mehr ausgehalten. Der höchste Punkt. Vielleicht hatte sie daran gedacht.

Schweigen. Unerträgliches Schweigen. Wenn wenigstens der Motor laut geknattert hätte. Oder im Radio die Verkehrsnachrichten gelaufen wären. Regen. Einen donnernden Sommerregen hätte ich mir gewünscht, der auf das Autodach geprasselt, gegen die Fenster gepeitscht wäre. Einen Sommerregen, der mein klägliches Schluchzen übertönt hätte. Aber da war nur dieses Schweigen, das sich mit seiner erstickenden Leere vor mir auftat. Mein Vater vorn am Lenkrad starrte mit grimmig zusammengezogenen

Brauen auf die Straße. Josie schlief mit dem Kopf auf meinem Schoß, friedlich, unschuldig wie ein kleines Kind, und ich streichelte ihre Wange, während meine Tränen auf ihre Haare tropften. In meinem Kopf hallten die Vorwürfe nach, die zu Hause auf mich heruntergedonnert waren. Was hast du dir nun schon wieder geleistet, wann wirst du endlich erwachsen und vernünftig, was geht bloß vor in deinem Kopf. Selbstzerstörerisch sei ich, alle mir offen stehenden Türen habe ich mutwillig zugeknallt, ein hoffnungsloser Fall sei ich, mit dem man nicht vernünftig reden könne. Wir sprachen in der Tat nicht mehr allzu viel miteinander, meine Eltern und ich, und vernünftig schon gar nicht. Wozu auch? Die Gespräche machten alles nur noch schlimmer. Jeder Satz von mir wurde in seine kleinsten Bestandteile zerlegt, analysiert, interpretiert, archiviert und zu immer neuen Gelegenheiten wieder herausgekramt und gegen mich verwendet, wenn ich gar nicht mehr damit rechnete. Also hielt ich lieber die Klappe. Wenn mir alles zu viel wurde, ging ich schwimmen. Ich sprang kopfüber ins Wasser, hielt die Luft an, bis mir beinahe der Kopf platzte und stellte mir vor, wie es wäre, nie mehr auftauchen zu müssen. Unter Wasser war ich frei. Daran dachte ich, wenn meine Eltern wild auf mich einredeten. Luft anhalten, bis der Kopf platzt.

Wenn ich jemanden zum Reden brauchte, und das brauchte ich ständig, dann hatte ich dafür Josie und sie hatte mich. Vor drei Jahren hatte sie an einem trübseligen Novembertag neu in unserer Klasse gestanden, dunkelblonde lange Haare, Schmollmund, kieselgraue Augen, aus denen sie uns herausfordernd musterte. Josefine Rohrmann, 15 Jahre alt. Mit einer mir bis dahin unbekannten Willenskraft hatte ich beschlossen, dass dieses Mädchen meine beste Freundin werden sollte. Ausgerechnet Josie, mit der doch jeder befreundet sein wollte. Ich verliebte mich in ihren herablassenden Blick, mit dem sie aus halb geschlossenen Augen nach vorn schaute, so dass sich jeder zwangsläufig kleiner fühlte als sie, obwohl sie nur 1,65 m groß war. Und ich verliebte mich in ihr einmaliges Lachen. Josie hatte das schönste Lachen der Welt. Es begann mit einem leisen Glucksen im Bauch, perlte mit einem Geräusch, das nach tausend Seifenblasen klang, in ihr hoch und platzte schließlich mit einem lauten, unverschämten Prusten aus ihrem breiten Mund heraus.

Bevor Josie in mein Leben trat, war ich ein nettes,

zurückhaltendes Mädchen aus gutem Hause und hasste mich dafür. Ich war die Klassenbeste und unter meinen Zeugnissen stand immer der gleiche Satz: „Emma ist eine stille, aber aufmerksame Schülerin und ihre Leistungen sind stets tadellos." Ich war keine Streberin, es war nicht so, dass ich besonders viel Zeit mit Lernen verbrachte. Es war eher so, dass ich während des Unterrichts nichts Besseres zu tun hatte, als still und aufmerksam zuzuhören. Meine Mitschüler kicherten miteinander und warfen sich gegenseitig Zettel mit geheimen Botschaften zu. Bei mir landeten solche Zettel nie. Es gab ein paar Mädchen in meiner Klasse, mit denen ich auf dem Pausenhof herumstand und über Jungs redete, aber ich fühlte mich nie so, als ob ich richtig dazugehörte. Ich hatte einen dicken Hintern, war schüchtern und fühlte mich mit meinem Notendurchschnitt von 1,0 wie ein Totalversager. Mein sozialer Status war gleich Null. Zu Hause war das auch nicht anders. Da war meine Schwester Linda, gegen die ich keine Chance hatte. Sie war laut und lustig, der reinste Sonnenschein, und ich wurde neben ihr unsichtbar. Wenn ich beobachtete, mit welcher Selbstverständlichkeit meine Eltern und meine Schwester miteinander redeten und lachten, krampfte sich mein Magen zusammen. Ich war immer irgendwie dabei, aber nie mittendrin, sondern trottete meinen Freundinnen und meiner Familie hinterher, still, aufmerksam, tadellos. Meine engsten Freunde fand ich in Büchern. Beim Lesen vergaß ich meine Schüchternheit, meinen dicken Hintern, wegen dem der doofe Ulf aus der Parallelklasse mich als „Schlachtschiff von hinten" bezeichnete, ich vergaß, dass mit mir ganz offensichtlich etwas nicht stimmte, weil ich es trotz aller Anstrengung nicht schaffte, die Tochter zu sein, die meine Eltern sich gewünscht hatten. Lesen war mein Ausweg aus mir selbst und die Papierfreunde meine Schutzengel. Wenn ich las, spürte ich, dass es da noch ein mutigeres, abenteuerlustigeres ICH gab, das hinauswollte. Bevor ich Josies beste Freundin wurde, war ich ein weltfremder Freak zwischen lauter normalen, gesunden Menschen. Danach waren wir zu zweit.

Osterferien sind immer scheiße. Im Sommer kann man schwimmen gehen, im Winter ist Weihnachten, aber Ostern ist so ziemlich das Langweiligste der Welt. Die Osterferien, in denen Josie in mein Leben platzte, waren besonders langweilig. „Dir würde ein bisschen frische Luft auch gut tun, du siehst wie ausgeschissen aus!" hatte meine Mutter mir zum Abschied an den Kopf geknallt, bevor sie sich mit meinem Vater und Linda aus der Tür schob, um zwei Wochen lang endlose Spaziergänge an der Nordsee zu machen. Ich hatte nichts gegen frische Luft. Aber drei Tage vor Ferienbeginn hatte Philipp aus der Klasse über mir, den ich schon seit langem anhimmelte, mich in der Crêperie im dunklen Gang vor den Toiletten geküsst und ich wollte die fragile erste Phase einer womöglich großen Liebe nicht durch zwei Wochen Nordsee gefährden. Außerdem fühlte ich mich mit meinen 15 Jahren zu erwachsen für Wattwürmer und Ausflüge zu den Seehund-Sandbänken. Am ersten Abend meiner zweiwöchigen Freiheit ging ich mit Philipp ins Kino, ließ mich küssen und unbeholfen betatschen und stellte fest, dass der schöne Philipp nicht nur Mundgeruch, sondern auch einen unmöglichen Tick hatte. Nach jedem Satz zog er die Mundwinkel weit auseinander und machte ein zischendes Geräusch, das nach „sssssüsch" klang. Warum war mir das nicht vorher aufgefallen? Am zweiten Tag ignorierte ich schaudernd das Telefon, auf dem Philipps Nummer fröhlich aufleuchtete. Stattdessen schrieb ich eine To-Do-Liste mit lauter Dingen, die ich schon lange tun wollte. Mein Zimmer dunkelblau streichen. Einen Roman schreiben. Salsa tanzen lernen. Meinen zu dicken Po mit

Gymnastik in Form bringen. Am dritten Tag stopfte ich die To-Do-Liste in eine Schreibtischschublade und fühlte mich komisch. Ich war gern allein, das war es nicht. Ich konnte sogar ganz wunderbar allein mit mir selbst sein und stundenlang lesen oder auf meiner Gitarre herumklimpern, wenn ich wusste, dass ich bald wieder mit einem Menschen sprechen würde. Aber es war gar nicht so einfach, ganze Tage mit sich selbst zu füllen. Am vierten Tag schlurfte ich schon den ganzen Tag im Schlafanzug durchs Haus und verfluchte all die freie Zeit. Weil ich an den frische-Luft-Vorwurf meiner Mutter dachte und sowieso nichts Besseres zu tun hatte, ging ich vor lauter Langeweile spazieren. Sobald es dämmerig wurde, drehte ich eine Runde durch den kleinen Wald hinter unserer Wohnsiedlung und setzte mich danach auf den menschenleeren Spielplatz auf die Schaukel. Ich musste mir frustriert eingestehen, dass diese Dämmerspaziergänge vermutlich das Highlight meiner Ferien darstellen würden.

Als ich eines Abends wie gewohnt zu meiner Schaukel trottete, saß dort jemand. Josie schwang langsam hin und her, umklammerte mit der einen Hand das Seil und hielt in der anderen eine Zigarette. Ihre Augen waren ganz verquollen und die Wimperntusche bildete kleine Rinnsale bis zum Mundwinkel. Sie erinnerte mich an ein trauriges Panda-Baby. Ich wollte mich umdrehen und heimlich aus dem Staub machen, aber da hatte sie mich schon bemerkt.

„He, warte doch!" Sie wischte sich die Tränen weg und schniefte laut.

Ich blieb stehen.

„Willst du 'ne Kippe?"

Ich nickte, obwohl ich noch nie geraucht hatte. Schweigend setzte ich mich auf die andere Schaukel, ließ mir Feuer geben, hustete ein bisschen.

„Du wohnst auch hier in der Nähe, oder?"

Ich nickte und brachte immer noch kein Wort heraus.

„Komisch, ich hab dich vorher noch nie hier gesehen."

Natürlich nicht. Warum sollte sie auch? Ich hatte sie ständig gesehen, im Bus, auf dem Heimweg, im Supermarkt, aber warum sollte jemand wie Josie mich sehen? Das sagte ich natürlich nicht.

„Du redest nicht besonders viel, hm?"

„Nee. Die meisten Leute reden zu viel und sagen zu wenig dabei."

„Meinst du damit etwa mich?"

Ich schüttelte wild den Kopf.

„Quatsch, nein. Du wirkst nicht wie jemand, der nichts zu sagen hat."

Sie lächelte mich an und mir wurde ganz warm ums Herz. Ich nahm meinen Mut zusammen.

„Warum bist du so traurig?"

Josie schnaubte und machte eine wegwerfende Handbewegung.

„Ach, meine Eltern. Das Leben. Du weißt schon. Es ist alles so trostlos, dass es mir das Herz zerreißt! Kennst du das Gefühl?"

Ich nickte, obwohl ich keine Ahnung hatte, wovon sie sprach. Aber das Gefühl, ja, das Gefühl kannte ich. Josie wandte mir ihr Gesicht zu und blies wütende Rauchkringel in die Luft.

„Erst soll ich schön brav zur Schule gehen und lernen, lernen, lernen. Damit ich später ´n Job finde und dann arbeite, arbeite, arbeite. Bis ich tot umfalle. UND DAS WAR'S. Wenn ich zu meinen Alten sage, dass das doch voll frustrierend ist, zucken sie die Achseln und gucken mich so mitleidig-herablassend an, nach dem Motto: Du wirst das auch noch verstehen. Ich will das aber gar nicht verstehen. Es muss doch noch was anderes geben. Wenn das echt alles ist, wofür lebe ich dann eigentlich?"

Ich schwieg und dachte daran, wie ich mich unter Wasser fühlte. Unter Wasser sah die Welt viel schöner aus. Blau und verzaubert. Als ich klein war, musste mir meine Mutter jeden Abend das Märchen von der kleinen Meerjungfrau vorlesen. Damals hegte ich noch die Hoffnung, dass mir irgendwann Schwimmhäute zwischen den Fingern wachsen würden, wenn ich nur oft genug schwimmen ging. Jetzt glaubte ich nicht mehr an meine Verwandlung, ich war ja nicht bescheuert. Aber wenn ich das Leben nicht mehr ertrug, flüchtete ich immer noch unter Wasser. Ich verstand, was Josie meinte. Luft anhalten und schwerelos sein. Nie mehr auftauchen. Josie sah mich fragend an.

„Was passiert eigentlich in deinem Kopf, während du vor dich hin schweigst?"

Ich grinste.

„Schwerelosigkeit. Meeresrauschen. Ganz viel Blau."

Sie grinste zurück.

„Du spinnst ja noch mehr als ich."

Wir schaukelten eine Weile schweigend weiter.

„Was machst du jetzt noch?" fragte sie dann.

„Nichts" antwortete ich ehrlich. „Ich mache schon seit Tagen absolut NICHTS und werde noch richtig bescheuert dabei." Ich holte tief Luft.

„Aber weißt du, ich glaube, das Allerschlimmste ist, dass ich schon mein ganzes Leben lang NICHTS mache."

Josie lachte und sprang auf.

„Dann lass uns halt IRGENDWAS machen. Darf ich mit zu dir kommen?"
„Klar."

Wir sahen *Le Grand Bleu*, das war damals mein Lieblingsfilm, und schaufelten eine Familienpackung Schokoladenkekse in uns hinein. Bisher hatte ich den Film nie unter dem Aspekt männlicher Sex-Appeal gesehen, sondern nur der Schluss-Szene mit dem Delfin entgegengefiebert, bei der ich jedes Mal heulte, aber Josie unterzog Jean Reno und Jean-Marc Barr einem knallharten Vergleich.

„Jean Reno ist eher so ´n Testosteron-Bolzen" behauptete Josie. „Ich finde sensible Männer viel attraktiver."

„Hast du ´n Freund?"

„So halbwegs. Kennst du Florian?"

Ich hielt die Luft an. Der sexy Florian, der zwei Häuser weiter wohnte? Ich nickte.

„Naja, wir sind nicht so richtig zusammen, es ist ziemlich kompliziert, weißt du…"

Ich sagte lieber nichts dazu, weil ich nicht von Philipp sprechen wollte und meine vorherigen Beziehungsversuche auch nicht mit der Kategorie sensibler Mann stattgefunden hatten. Merkwürdiger Mann wäre die treffendere Bezeichnung gewesen. Irgendwie suchte ich mir immer

Typen aus, für die ich mich kurz danach schämte. Josie seufzte und klatschte sich auf den mit Schokokeksen gefüllten Bauch.

„Ich bin so voll, ich kann mich nicht mehr bewegen."

Wir machten kichernd ein paar Übungen aus dem Yoga-Buch meiner Mutter und Josie erklärte mir das *Om*, bis wir gackernd über den Boden kullerten und ich einen Schluckauf bekam.

„Du bist viel lustiger, als ich dachte" erklärte Josie.

Ich schwieg. Ich und lustig? Bevor Josie in mein Leben trat, hatte ich mich für ein ziemlich ernstes Mädchen gehalten. Um nicht zu sagen langweilig. Josie gähnte laut.

„Ich mag nicht mehr nach Hause laufen. Kann ich bei dir schlafen?"

Sie blieb auch am nächsten und übernächsten Tag und ging schließlich nur noch nach Hause, um neue Klamotten zu holen. Als meine Eltern aus dem Urlaub zurückkamen, kannte ich ihr ganzes Leben und sie meins. Ich konnte mir nicht erklären, wie es mir jemals möglich gewesen war, ohne Josie zu existieren.

Kapitel 2

Wendepunkte gibt es in jedem Leben. Oft bemerkt man sie erst im Nachhinein, wir Menschen traben ja in der Regel ziemlich kurzfristig durch unser alltägliches Hamsterrad. Aber hin und wieder knallt so ein Wendepunkt wie ein Meteorit in den wohlbehüteten Alltag, wirbelt alles durcheinander und ändert die eigene Existenz so rasant, dass man nur atemlos und mit weit aufgerissenen Augen mitrennen kann. So ein Meteorit war Josie für mich. Und vielleicht knallte sie genau deshalb in mein Leben, weil ich auf sie gewartet und herbeigesehnt hatte. Fest steht, dass es ein Leben vor Josie gab und eins danach, so wie es mich vor Josie gab und mich danach. Ob das nun gut oder schlecht war, hängt davon ab, welches Kriterium man zur Beurteilung heranzieht. Für mein Dasein als Klassenbeste war Josie eine glatte Katastrophe. Wir saßen in jeder Schulstunde zusammen und Josie vertraute mir mit Vorliebe während des Unterrichts Details ihrer tragischen Romanze mit Florian an. Das war viel aufregender, als mathematische Gleichungen zu lösen oder französische Vergangenheitszeiten auswendig herunterzuleiern. Während ich früher die unsichtbare Musterschülerin gewesen war und von den Lehrern nur in Form von wohlwollenden Kommentaren unter meinen schriftlichen Arbeiten wahrgenommen wurde, häuften sich nun die Ermahnungen. Ich wurde dann zwar knallrot und schämte mich, aber wenn Josie mich in die Seite knuffte und mir ein weiteres Geheimnis anvertraute, entschädigte mich das für alles.

Herr Mombert, unser Mathelehrer, war ein kleiner grauer Zwerg mit krallenartigen Nikotinfingern, der es als persönliche Beleidigung auffasste, wenn man seine Begeisterung für Sinuskurven und unregelmäßige Gleichungen nicht teilte. Josie hatte nichts für Zahlen übrig. „Was hat es denn mit dem echten Leben zu tun, ob hier nun 2x oder xy steht? Wenn Sie mir das erklären können, höre ich Ihnen ab sofort zu!" hatte sie Herrn Mombert einmal verächtlich an den Kopf geknallt und der hatte darauf keine Antwort gewusst. Seitdem warf er Josie in jeder Stunde hasserfüllte Blicke zu, aber traute sich nicht, sich auf weitere Wortgefechte mit ihr einzulassen. Bei mir lag der Fall anders. Je mehr ich Herrn Mombert meine Aufmerksamkeit entzog und dafür Josie schenkte, desto größer wurde seine Rachsucht. Er schien eine sadistische Befriedigung darin zu finden, mich bloßzustellen. Sobald er bemerkte, dass ich nicht zuhörte, rief er mich mit hämischem Grinsen an die Tafel, um komplizierte Gleichungen zu lösen, ließ mich ratlos mit hochrotem Kopf ein paar Minuten vor der Klasse stehen und entließ mich dann mit einem verächtlichen „Was anderes habe ich auch gar nicht erwartet" zurück auf meinen Platz. Ich hatte immer öfter Bauchschmerzen vor dem Matheunterricht. Und außerdem war Sommer.

Josie und ich saßen schweigend nebeneinander im Bus auf dem Weg zur Schule. Am knallblauen Himmel zeigte sich nicht das kleinste Wölkchen und das Thermometer war schon am frühen Morgen auf 25° C geklettert. Aber mich erwartete Herr Momberts grausames Mathematikuniversum gleich in der ersten Stunde und das lastete tonnenschwer auf meinen Schultern.

„Es ist ein Verbrechen, bei so ´nem Wetter Mathe zu haben" murmelte ich bedrückt und spürte die üblichen Bauchschmerzen.

„Mathe an sich ist ´n Verbrechen" stimmte Josie mir zu und dann fuhren wir den Rest des Wegs schweigend und missmutig weiter. Als der Bus vor der Schule hielt, stand ich auf und warf meine Tasche über die Schulter. Josie rührte sich nicht vom Fleck. Ich stupste sie an.

„He, wir sind da…"

„Ich gehe heute nicht zur Schule."

„Was? Du kannst mich doch nicht allein lassen!"

„Dann gehst du halt auch nicht."

„Aber dann ruft der alte Mombert unsere Eltern an."

„Ach was, der ist doch insgeheim froh, wenn wir nicht da sind!"

Ich warf ihr einen zweifelnden Blick zu.

„Außerdem ist es so warm, da haben wir später sowieso hitzefrei. Eigentlich ist es also nur sowas wie ein beschleunigtes Hitzefrei-Verfahren."

So richtig überzeugt war ich nicht von dieser Argumentation. Ich hatte noch nie die Schule geschwänzt und war mir sicher, dass meine Eltern, die so viel Wert auf Bildung und gute Noten legten, nicht das geringste Verständnis dafür aufbringen würden. Aber erstens war der Bus bei meinen Überlegungen ohnehin schon weiter gefahren und zweitens graute mir davor, ohne Josie an meiner Seite den mathematischen Gleichungen von Herrn Mombert ausgesetzt zu sein. Mir war komisch zumute, als wir mit dem Bus einfach so weiterfuhren, ohne zu wissen wohin. Ich war bisher immer nur bis zur Haltestelle unserer Schule gefahren, da endete mein kleines Universum.

„Und was machen wir jetzt?"

Josie zuckte mit den Schultern und grinste.

„Keine Ahnung. Wir machen halt blau."

Ich hatte eine Idee.

„Na klar, aber so richtig blau. Lass uns zum blauen See fahren!"

Der blaue See war ein stillgelegter Steinbruch und hieß so wegen seines türkisblauen Wassers. Karibisches Blau mitten in Nordhessen. Verantwortlich dafür war der hohe Kalkgehalt oder so etwas in der Art. Meine Bauchschmerzen waren verpufft, ich fühlte mich wach und frisch und voller Tatendrang. Wir stiegen am Waldrand aus dem Bus und liefen den kleinen Pfad zum See durch den Wald. Es roch nach feuchter Erde und Unbeschwertheit.

„Sommergeruch" erklärte ich und Josie lachte. An den Wochenenden belagerten Familien jeden Quadratzentimeter des Seeufers, aber an diesem Vormittag plantschten nur ein paar Omas mit geblümten Badekappen im Wasser. Wir badeten in Slip und BH, tauchten durch das glitzernde Blau, ließen uns auf dem Rücken mit dem Gesicht zur Sonne treiben und fühlten uns schwerelos. Anschließend lagen wir ausgestreckt auf dem Steg und ließen uns trocknen.

„Die haben's gut..." seufzte Josie mit knurrendem Magen und deutete auf zwei Omas, die sich mit einem riesigen Picknickkorb für einen ganzen Tag am See ausgerüstet hatten.

„Ja, alt sein hat echt Vorteile. Du hast irre viel Zeit. Und niemand schreibt dir vor, was du zu tun hast. Du kannst dich total daneben benehmen und die Leute sind trotzdem noch nachsichtig mit dir. Du bist halt nur die arme, verrückte Alte."

„Und du kannst bekloppte Badekappen tragen und den ganzen Tag Kekse und Kuchen essen und fett werden, weil's dann eh egal ist, wie man aussieht."

„Wenn wir beide Omas sind, kaufen wir uns auch Badekappen mit Rüschen und gehen so jeden Tag zum Schwimmen, ok?"

Josie lachte und hob die Hand zum Schwur.

„Versprochen! Wir nehmen aufblasbare Badetiere mit, randalieren im Wasser und benehmen uns total unmöglich!"

Wir kicherten eine Weile vor uns hin und verstummten dann. Es war traurig, sich mit gerade mal 15 Jahren danach zu sehnen, alt zu sein, um frei zu sein. Das dauerte definitiv zu lange.

„Ich gehe nie wieder zu Mathe" erklärte Josie schließlich trotzig.

„Ich auch nicht."

Nach diesem Vormittag am See waren wir völlig berauscht von einem neuen Freiheitsgefühl. Dem Gefühl, dass wir allein entscheiden konnten, was wir mit unserer Zeit anfangen wollten. Im Sommer machte es am meisten Spaß, nicht zur Schule zu gehen. Wir lagen den ganzen Tag auf einer Wiese im Park oder ließen uns am See die Sonne auf den Bauch scheinen. Wenn die Temperaturen kühler wurden, streunten wir durch die Stadt, besichtigten Kunstgalerien, die keinen Eintritt kosteten und probierten in Second-Hand-Shops muffig riechende Kleider und Hüte aus vergangenen Zeiten an. Wir tranken heiße Schokolade in einem kleinen versteckten Café, in dem der einzige Kellner, ein humpelndes Großväterchen, nie unbequeme Fragen stellte und uns immer gratis einen großen Teller frisch getoasteter Weißbrotscheiben mit Butter für „die hübschen Frolleins" auf den Tisch stellte. Bei einem dieser Streifzüge entdeckten wir auch den Platz auf dem Bahndamm. Ich habe Bahnhöfe immer gemocht. Dieses Hin und Her aus Begrüßungen und Verabschiedungen verströmte einen Duft von Abenteuer, Sehnsucht, großen Gefühlen. Mit einem Zug konnte man in wenigen Stunden in einem ganz neuen Leben sein. Dieser Gedanke kribbelte unter meiner Haut. Wie viele Leben warteten da draußen wohl auf mich? Dichtes Brombeergestrüpp überwucherte den Bahndamm, aber ein kaum erkennbarer Trampelpfad führte durch das Gestrüpp zu einer Lichtung.

Von dort aus hatten wir freie Sicht auf die Bahngleise, die weit entfernt am Horizont verschwanden. Josie strahlte mich mit leuchtenden Augen an, als ob wir einen Schatz entdeckt hätten.

„Hier findet uns kein Mensch! Wenn uns alles zu viel wird, hauen wir ab und verstecken uns für immer hier."

„Oder wir steigen in einen Zug und fahren weit weg."

„Wohin denn?"

„Weiß nicht, in den Süden, wo es immer warm ist. Wir könnten in einem kleinen weißen Haus am Meer wohnen."

„Mit Palmen auf der Terrasse!"

„Und einem Orangenbaum!"

„Was willst du mit einem Orangenbaum?"

"Keine Ahnung. Es klingt so schön."

Allein daran zu denken, machte mich glücklich. Ich hatte zum ersten Mal eine Vorstellung von der Zukunft, die mich glücklich machte und die sich nicht nach gähnender Langeweile in verschiedenen Grauschattierungen anfühlte. Josie schien das Gleiche zu denken.

„Ich will nie so wie meine Eltern werden. So erwachsen."

„Nee, ich auch nicht. Ich will Bücher schreiben und im Meer baden und abends am Strand sitzen und den Sonnenuntergang angucken."

Josie lächelte mich liebevoll an.

„Ach Emma, das passt zu dir! Wir könnten ein Künstler-Duo werden und während du schreibst, sitze ich auf der Terrasse und male Bilder, die wir dann einmal in der Woche auf dem Marktplatz verkaufen!"

Dann schaute sie auf die Armbanduhr und sprang auf.

„Shit, wir müssen los. Sonst kriegen unsere Alten noch mit, dass wir heute wieder nicht in der Schule waren."

Kapitel 3

Manchmal frage ich mich, warum es so einfach war, aus dem Leben, das uns vorherbestimmt war, auszusteigen. Viel zu einfach. Warum in der erwachsenen Welt niemand bemerkte, dass wir uns heimlich und leise aus dem Staub machten. Meine Schulnoten verschlechterten sich rapide, von der ehemals Klassenbesten wandelte ich mich innerhalb eines Jahres zu einem versetzungsgefährdeten Fall. Ich erklärte meiner Mutter, dass ich mich in einer komplizierten pubertären Phase befände und mich selbst finden müsse. Als Psychologin akzeptierte sie das zähneknirschend. Da es in der Schule Probleme gegeben hätte, wenn wir all die Tage unentschuldigt gefehlt hätten, probten wir Unterschriften, bis wir uns selbst perfekte Entschuldigungen schreiben konnten. Unsere Lehrer stellten keine weiteren Nachforschungen an. So lange die Verantwortung abgewälzt werden konnte und ein Entschuldigungsschreiben vorlag, interessierte sich kein Mensch für uns. Es gab also keinen vernünftigen Grund, um Dinge zu tun, die wir nicht tun wollten.

Wenn man zu Zeiten, in denen der Rest der Menschheit zur Schule oder zur Arbeit geht, frei durch die Gegend strolcht, trifft man dabei früher oder später auf andere Menschen, die genau das Gleiche tun. Wir lernten die Clique aus dem Stadtpark kennen: Ingo, der mit seinen langen zottigen Haaren, dem nackten Oberkörper und seiner Gitarre aussah wie ein junger Iggy Pop. Den verrückten Ben mit seinem Skateboard, der auf einem Drogentrip hängen geblieben war und seitdem wirre Geschichten von Kugelblitzen erzählte, die durchs Fenster hereinschossen. Mina, die Prinzessin in Latexhosen und tonnenweise schwarzem Lidschatten. Olaf, den Partyfreak, der mit seinem kahlrasierten Kopf, den vielen Tattoos, seinen Federboas und den grell leuchtenden Satinhosen so schräg aussah, dass es schon wieder cool war. Ich mochte diesen bunt zusammengewürfelten Haufen Aussteiger, die meine Mutter als *Loser* bezeichnet hätte. Und sie mochten uns. Oder zumindest störten sie sich nicht an uns, sondern nahmen uns wie selbstverständlich als zwei Herumtreiber mehr in einer großen Familie auf. Ich schleppte meine Gitarre in den Park, ließ mir von Ingo ein paar neue Akkorde zeigen, erzählte Ben selbst erfundene Geschichten, wenn er Angst vor den Kugelblitzen bekam und ließ mir von Mina erklären, wie man die coolsten Männer abschleppt.

„Du darfst nicht so viel reden" dozierte sie. „Du

musst einfach nur unverschämt direkt gucken, dann stellst du dich neben den Typ und fragst: Gehen wir? Und dann gehst du gleich los. Die kommen alle hinterher, glaub's mir! Reden kannst du später immer noch."

„Du kannst ja mit mir üben" bot Olaf treuherzig an und wir lachten alle.

Im Stadtpark rauchte ich auch meinen ersten Joint. Ich hatte ein bisschen Angst, immerhin waren das strenggenommen Drogen und ich hatte noch nie gekifft. Aber bei den anderen sah es nie gefährlich aus, wenn sie der Reihe nach an einem Joint zogen, eher lustig. Erst merkte ich überhaupt nichts. Es roch nach verbranntem Hamsterfutter und schmeckte auch so.

„Bei mir wirkt das nicht…" sagte ich lässig, dann sah ich Josie an und wir prusteten beide los. Olaf musterte uns nachsichtig, beinahe väterlich, über den Rand seiner türkisblau getönten Brille und das führte zu einer neuen Lachsalve. Ich fühlte mich tierisch glücklich. Früher hatte ich häufig neben mir gestanden, hatte darunter gelitten, mich selbst so verkrampft und unsicher zu sehen und hätte mich gern aufmunternd angestupst, um der Mensch zu sein, der ich gern sein wollte. Nun fühlte es sich zum ersten Mal in meinem Leben so an, als ob ich und der Mensch, der ich sein wollte, zu einer einzigen Person verschmolzen.

Als ob man zwei Schablonen übereinander ge-
schoben hätte, bis alles am richtigen Fleck saß.
Ich erklärte Olaf begeistert, wie toll es war, wenn
die Schablonen endlich stimmten. Der guckte
mich verzückt an und murmelte etwas von „so
süß." Ich kuschelte mich an Josie und fühlte mich
leicht, so leicht, dass ich mir beinahe Sorgen um
meine Schwerkraft machte. Aber Josie lachte ihr
schönes Lachen, das nach Seifenblasen klang
und hielt mich fest. Also schloss ich die Augen
und flog los.

„Heute Abend tritt ´n Kumpel von mir im *Spot*
auf!" verkündete Olaf. „Kommt ihr mit?"
„Cool!" Mina strahlte. „Dann kommt mich endlich mal jemand beim Arbeiten besuchen!"
Mina arbeitete hinter der Theke im *Spot*, obwohl
sie nur ein Jahr älter war als ich. Ich beneidete sie
darum. Alle redeten ständig vom *Spot*. Sogar Josie war schon dort gewesen. Das *Spot* war underground, das *Spot* war cool, das *Spot* war ein für
mich bisher unerreichbarer Meilenstein auf dem
Weg zum Erwachsenwerden.
„Was ist mit dir?"
Olaf stupste mich an, weil ich nichts gesagt hatte.
„Ich kenne die Musik ja gar nicht" versuchte ich
auszuweichen.
„Ach, das wird dir gefallen! Der hat ´ne Stimme

wie Nick Cave. Ist echt cool!"

„Hm...." machte ich unbestimmt, um nicht zuzugeben, dass ich keinen Schimmer hatte, wer zur Hölle Nick Cave war. Josie grinste. Sie fand es lustig, wie Olaf um mich herumscharwenzelte und zog mich gern damit auf.

„Du solltest Raritäten-Sammlerin werden, du ziehst so durchgeknallte Typen wie ´n Magnet an!"

„Was für ein Glück, dass ich trotzdem so eine stinknormale beste Freundin gefunden habe" antwortete ich dann jedes Mal und darauf wusste sie keine Antwort mehr, denn das letzte, was Josie wollte, war stinknormal zu sein.

„Was ist jetzt?" Olaf holte mich aus meinen Gedanken zurück.

„Sie wird doch erst in zwei Monaten 16!" erklärte Josie und ersparte mir damit weiteres Herumdrucksen. Ingo zupfte vorsichtig ein Stückchen Papier von seiner Zigarettenschachtel und reichte es mir.

„Da suchste dir 'ne passende Zahl als Geburtsjahr aus und dann klebste das auf deinen Ausweis. Den Unterschied sieht kein Mensch, wenn man nicht ganz genau hinguckt."

„Und das funktioniert?"

Es funktionierte. Der Türsteher hatte nur einen kurzen Blick auf den frisch beklebten Ausweis geworfen, den ich ihm mit Herzklopfen entgegen gehalten hatte und mich dann ungeduldig hinein gewinkt. Ich hatte meinen Eltern gesagt, dass ich bei Josie schlafen würde. Sie hatte das gleiche bei sich zu Hause getan. Wenn wir die Schule schwänzten, hatten wir immer nur ein paar Stunden Freiheit, anschließend mussten wir pünktlich zu Hause sein. Diesmal lag eine ganze, freie Nacht vor uns. Niemand hatte viel Geld, es reichte gerade für den Eintritt und für Zigaretten. Aber wir legten zusammen und kauften am Kiosk eine große Flasche pappsüßen Lambrusco, den wir in einem Busch hinter dem *Spot* versteckten. In regelmäßigen Abständen gingen wir raus, tranken Lambrusco und wurden immer betrunkener. Ich war so viel Alkohol nicht gewohnt. Von meiner ersten langen Nacht in Freiheit bekam ich nicht allzu viel mit. Gegen 2 Uhr nachts schlief ich müde und betrunken auf den Boxen ein und wachte erst wieder auf, als um 5 Uhr morgens die Lichter angingen.

Es blieb nicht bei der einen Nacht. Schnell wurde es für uns unvorstellbar, am Wochenende nicht bis frühmorgens tanzen zu gehen. Und genauso schnell gewöhnten wir uns daran, dass die Wochenenden automatisch mit vielen Joints und viel Alkohol verbunden waren. Am Anfang bereitete mir das noch Sorgen. In einem halbherzigen Versuch, die Kontrolle zu behalten, führte ich in meinem Tagebuch eine Liste darüber, wie häufig ich in den vergangenen Wochen bekifft und betrunken gewesen war. Dann ignorierte ich die Liste und stürzte mich lieber in mein neues, aufregendes Leben. Am kritischsten wurde es am Ende des Schuljahres, wenn es Zeugnisse gab.

„Warum stehen da 96 Fehltage?"

Meine Mutter schob ihre Hornbrille bis auf die Nasenspitze, um mich mit ihrem durchdringenden Psychologinnenblick zu mustern.

„Ach, die haben bestimmt was verwechselt. Manchmal klaut auch jemand das Klassenbuch und trägt irgendwelchen Mist ein" erklärte ich ziemlich lahm.

„Das geht doch so nicht. Soll ich mal mit deinen Lehrern sprechen?"

Ich hielt entsetzt die Luft an. Aber meine Mutter hatte schon wieder die erzieherische Taktik gewechselt und sich vom drohenden Mutterdrachen in *verständnisvolle Bezugsperson* verwandelt.

„Sieh mal, Emma. Ich will doch nur das Beste für dich. Nach deinem Abitur kannst du machen, was du willst. Aber wenn du jetzt nicht mehr zur Schule gehst, bekommst du später keinen guten

Job. Und du willst doch mal was erreichen im Leben!"

„Ich will Bücher schreiben und ein freies, wildes Leben führen, dafür brauche ich kein Abitur" wagte ich einzuwerfen. Meine Mutter widmete mir einen ihrer wie-kann-man-nur-so-unvernünftig-sein-Blicke.

„Als ich in deinem Alter war, wäre ich froh gewesen, wenn meine Eltern mich das Abitur hätten machen lassen. Aber damals fand man, dass Mädchen keine Bildung brauchen und…"

„…und deswegen musstest du das Abitur später mühsam nachholen und nachts arbeiten und hast es echt schwer gehabt. Ja, ich weiß. Aber weißt du, ich habe nie darum gebeten, geboren zu werden und dein verpasstes Leben aufzuarbeiten."

Kaum hatte ich das gesagt, tat es mir auch schon leid. Meine Mutter hatte es wirklich nicht leicht gehabt. Und sie war unglaublich stolz darauf, dass sie trotzdem so vieles im Leben erreicht hatte. Das war auch ihr gutes Recht. Es war nur so, dass man sich neben ihr zwangsläufig klein und mies fühlen musste. Manchmal wünschte ich mir regelrecht, aus *schwierigen Verhältnissen* zu stammen. Aber da war nichts zu machen. Mit einem Arzt als Vater und einer Psychologin als Mutter steht man auf der Sonnenseite des Lebens und ist an jedem Versagen ganz allein schuld. Ich fragte mich nur, warum die Menschen auf der Sonnenseite häufig so einen frustrierten Eindruck machten. Manchmal, wenn wir abends Pizza bestellt und meine Eltern schon ein paar Gläser Wein getrunken hatten, erzählte meine Mutter mit glänzenden Augen von ihrer Jugend und wie sie davon geträumt hatte, mit einem alten VW-Bus durch die ganze Welt zu fahren.

„Warum hast du's nicht gemacht? Ich meine, klar, früher hattest du kein Geld für so was, aber später hat dich doch nichts mehr daran gehindert."

„Ach Emma, dann hatte ich erst euch Kinder und außerdem wird man ja auch erwachsen und dann ändern sich die Interessen."

„Auch große Träume?"

„Auch große Träume."

Aber ich war fest davon überzeugt, dass meine Mutter log. Aus großen Träumen wächst man nicht einfach so heraus wie aus einem alten Pullover. Große Träume sind der Stern, dem man folgt bis ans Ende der Welt. Und wenn *etwas erreichen* bedeutete, dass ich meine großen Träume eines Tages wie einen ausgeleierten Pullover in einen Altkleidersack stopfen und vergessen würde, dann verzichtete ich lieber darauf, erwachsen zu werden.

Kapitel 4

Wir wurden älter und die durchgetanzten Nächte wurden länger, die Joints zahlreicher, die Fehlzeiten in der Schule häufiger. Von meinen Eltern distanzierte ich mich immer mehr. Ich ertrug es nicht, in ihren Augen die Enttäuschung darüber zu sehen, dass aus mir nichts von all den wunderbaren Dingen geworden war, die sie für mich geplant hatten. Ich fühlte mich dabei wie ein totales Desaster. Wenn ich zu Hause war, bekam ich schlagartig Depressionen. Also kam ich immer seltener nach Hause und trieb mich immer häufiger mit Josie irgendwo in der Gegend herum. Meine Eltern sagten nicht mehr viel zu meinem Lebensstil. Ich glaube, sie hatten mich aufgegeben. Jeder Mensch möchte für irgendjemanden die Nr. 1 sein. Und dafür hatte ich Josie. Sie verstand mich ohne Worte, konnte mit einem einzigen Blick mein aufgewühltes Innenleben begreifen. Wir hatten eine magische Verbindung und wenn wir zu zweit waren, verfügten wir über ungeahnte Kräfte, über eine unerschöpfliche Energie. Zusammen waren wir unsterblich.

Wenn wir morgens nach einer durchgetanzten Nacht aus dem *Spot* torkelten, müde und betrunken, aber viel zu aufgedreht, um auch nur an

Schlaf zu denken, stellten wir unsere eigenen Theorien über das Leben auf. Wir waren völlig überzeugt davon, dass wir Dinge sahen und verstanden, für die andere Menschen blind waren. Ganz besonders unsere Eltern. Josies und meine Eltern bezeichneten sich selbst als Alt-68er. Und nach ihrem Ton zu urteilen, war das etwas Großartiges. In ihrer Jugend hatten sie Flugblätter verteilt, hatten sich wild und revolutionär gefühlt und nächtelang diskutiert, um die Welt zu verbessern. Und was war davon übrig geblieben? Makrobiotische Ernährung und Klamotten von Hess Natur.

„Das Leben ist zu kurz, um Müsli zu essen" brachte Josie es auf den Punkt. Ich verstand nicht, warum meine Eltern mit ihrem Faible für alles Revolutionäre nicht begreifen konnten, dass ich kein normales Leben wollte. Kein maßvolles, vernünftiges, lauwarmes Dasein. Etwas in mir war ins Rollen gekommen und ließ sich nicht mehr aufhalten, selbst wenn ich gewollt hätte. Aber ich wollte auch gar nicht. Ich wollte das Leben in seiner gesamten Intensität schmecken, riechen, hinunterschlingen. Manchmal überfiel mich ein solcher Heißhunger auf Leben, dass es mir beinahe den Atem nahm. Eine pochende, schmerzende Sehnsucht. Mit so viel Sehnsucht im Herzen kann man nicht alt werden, dachte ich oft. Und dann bekam ich Angst vor mir selbst. Ich liebte diese magischen Augenblicke, wenn die Sonne gerade aufging, die Straßen noch menschenleer waren und wir über jede Kleinigkeit so sehr lachen mussten, dass wir uns kaum auf den Beinen halten konnten. Mit Josie an meiner Seite lachte ich alle Sorgen, alle Probleme, alle Zweifel weg.

Wir hatten ihn so lange herbei gesehnt und plötzlich lag er direkt vor uns: Unser letzter Schultag. Mit einem mittelmäßigen Fachhochschulabschluss in der Tasche wurden wir in die große, weite Zukunft entlassen. Wenn man sich zu sehr auf etwas freut, wird man meistens enttäuscht und so ging es mir mit diesem Moment. Ich verspürte keinerlei Euphorie, als ich der Schule den Rücken kehrte, nein, ich fühlte mich beinahe traurig und hätte es gern gehabt, dass alles, aber auch alles anders gelaufen wäre.

„Wie denn anders?" fragte Josie verständnislos, als ich versuchte, meine Melancholie in Worte zu fassen.

„Als ich jünger war, bin ich richtig gern zur Schule gegangen..." murmelte ich und spürte Tränen in mir aufsteigen.

Josie lachte und stupste mich in die Seite.

„Da warst du auch noch ´ne kleine Streberin mit

geflochtenen Zöpfen. Heute Abend gehen wir tanzen und feiern unsere Freiheit – dann kommst du schon auf andere Gedanken!"

Wir trafen uns bei Josie zu Hause, um uns für die lange Nacht hübsch zu machen. Für mich waren diese Vorbereitungen vor dem Tanzen immer der großartigste Moment der ganzen Nacht. Sektgläser wurden geleert, Zigaretten angezündet, der Sekt kribbelte durch den ganzen Körper, wir tauschten unsere Klamotten hin und her, bis wir das passende Outfit gefunden hatten, zeigten uns gegenseitig den Inhalt unserer Schminktäschchen… Mädchenkram eben. Und über all dem lag die Vorfreude auf eine ereignisreiche Nacht. Selbst wenn sich später herausstellen sollte, dass die Nacht ein totaler Reinfall gewesen war – die Vorfreude konnte mir niemand nehmen.

„Wie sehe ich aus?" fragte Josie und drehte sich in meinem roten Lieblings-Shirt vor dem Spiegel. „Wie das tollste Mädchen der Welt" antwortete ich und das war keine Schmeichelei. Es gibt Mädchen, die betreten den Raum und sofort drehen sich alle Leute nach ihnen um. So eine war Josie. Nicht, weil sie perfekt gewesen wäre, das war sie nicht. Sondern weil sie aus jeder Pore eine solche Selbstsicherheit ausstrahlte, dass alles an ihr so aussah, als ob es ganz genau so sein musste und nicht anders. Josie hätte sich einen Müllsack über den Kopf stülpen können und wäre immer noch das coolste Mädchen weit und breit gewesen. Eine Prinzessin in Turnschuhen und schmuddeligen T-Shirts.

Wir gingen zum Tanzen ins *Spot* und tranken die ganze Nacht Tequila. Irgendwann hörte ich auf, die Gläschen zu zählen. Wir brüllten „auf die Freiheit", stürzten den Tequila hinunter, küssten uns auf die Wangen und tanzten weiter. Ich sah Josie, wie sie lachte und schwitzte und sich drehte, ich sah mich und Josie, wir drehten uns immer schneller, bis wir die Erdanziehungskraft aufhoben und losflogen. Wie Sternschnuppen. Josie war so schön wie nie. Bitte hör nie auf so zu leuchten, dachte ich kurz und tanzte dann weiter. Als um 5 Uhr morgens das grelle Neonlicht aufflammte und die Musik mit einem Schlag verstummte, protestierten wir laut.

„Das ist unsere Sternschnuppennacht, wir wollen weitertanzen" lallte ich dem Türsteher zu.

„Ja, ja" machte der und schob ungeduldig die übriggebliebenen Betrunken aus der Tür. Draußen ging die Sonne auf.

„Ich will da rauf und den Sonnenaufgang sehen" brüllte Josie und fuchtelte wild mit den Armen herum. Auf der Straßenseite gegenüber
wurde ein mehrstöckiger Büroklotz errichtet
und das Baugerüst reichte bis hinauf aufs Dach.
„Wir sind doch voll besoffen..." protestierte ich
schwach.
„Tststs" machte Josie mit erhobenem Zeigefinger.
„Mit Adrenalin geht ALLES!"
Wir schleuderten die hochhackigen Sandalen ins
Gebüsch und kletterten barfuß das Baugerüst
hinauf bis aufs Dach. Josie hatte Recht gehabt.
Mit Adrenalin ging alles und als ich oben ankam,
war mein Kopf wieder klar und wach. Josie saß
schnaufend an meiner Seite am Rand des Dachs
und ließ die dreckigen Füße baumeln. Sie ki-
cherte.
„Unsere Nachbarin, weißt du, die Alte mit den
langen grauen Haaren und der John-Lennon-
Brille, die macht jeden Morgen Yoga auf'm Dach.
Total durchgeknallt. Aber jetzt verstehe ich sie
ein bisschen."
„Lass uns das jeden Morgen machen."
„Was? Yoga auf'm Dach?"
„Quatsch, auf'm Dach sitzen und den Sonnenaufgang angucken. Den neuen Tag begrüßen
und so."
Josie lehnte ihren Kopf an meine Schulter.

„Weißt du, warum ich dich so lieb habe? Weil du immer so niedliche Sachen sagst! Mit dir zusammen ist die Welt immer rosa."

„Na klar, rosa mit Schmetterlingen."

„Und mit Einhörnern."

„Und Regenbogen."

„Und My Little Pony."

So machten wir noch eine Weile weiter, bis Josie plötzlich Tränen über die Wangen liefen.

„Ich will nicht erwachsen werden und zu alt sein, um die ganze Nacht tanzen zu gehen" schluchzte sie. Ich umarmte sie fest.

„Wir werden IMMER zusammen tanzen gehen" versprach ich ihr.

Die folgenden Tage verbrachten wir an unserem Lieblingsplatz auf dem Bahndamm, lagen ausgestreckt in der Sonne auf einer Picknickdecke und hörten *Velvet Underground* auf meinem alten Kassettenrekorder. Ich mochte es, den Schienen hinterherzuschauen, die sich im Horizont verloren, ich mochte die Mischung aus Sehnsucht und Melancholie, die sich bei diesem Anblick in meinem Bauch ausbreitete. Ich hätte alles dafür gegeben, um einer dieser Menschen am Bahnhof mit einem Koffer in der Hand zu sein.

„Fragst du dich nicht auch manchmal, was vor

und hinter all diesen Leuten liegt, die am Bahnhof rumrennen?"

Josie grunzte nur unbestimmt zur Antwort.

„Weißt du noch, wie wir uns früher vorgestellt haben, einfach in einen Zug zu steigen und wegzufahren? Lass uns das machen! Wir steigen in irgendeinen Zug, ohne zu wissen, wohin er fährt. Und dort, wo der Zufall es will, beginnen wir ein neues Leben."

Begeistert von meinem Einfall war ich aufgesprungen und wäre am liebsten auf der Stelle losgestürmt in dieses neue Leben. Aber Josie lag immer noch träge auf der Picknickdecke und zeigte keine Reaktion. Ich knuffte sie in die Seite.

„Überleg doch mal, wir könnten die ganze Nacht durchfahren und wachen am nächsten Morgen in Paris auf. Oder in Barcelona und dann suchen wir uns ein kleines weißes Haus am Meer!"

Josie zog nur spöttisch eine Augenbraue hoch.

„Ach ja? Und was machen wir, wenn der Zug stattdessen nach einer Stunde in Bad Emstal oder einem anderen Kaff endet? Leben wir dann für immer dort, bloß weil dein verdammter Zufall es so wollte?"

„Ich will einfach nicht mein ganzes Leben lang hier kleben bleiben."

„Warum nicht? Es war doch cool bis jetzt."

„Ja, aber das kann doch nicht schon alles gewesen sein! Mann, Josie, wir hatten so viele Träume, wir haben so verzweifelt gewartet. Was ist´n los mit dir?"

Josie schwieg lange und starrte in die Ferne.

„Vielleicht war´s das jetzt auch schon" sagte sie dann leise.

„Was meinst´n damit?"

„Ich glaube, es gibt in jedem Leben einen höchsten Punkt. Danach geht´s nur noch bergab. Und ich habe meinen höchsten Punkt schon hinter mir."

„Ach? Und wann war dein höchster Punkt?"

„Der ganze Sommer mit dir. Die Nacht nach Schulschluss, als wir im *Spot* getanzt haben, bis uns die Füße wehtaten. Der Sonnenaufgang auf dem Bürodach." Sie lächelte und sah dabei gleichzeitig so traurig aus, dass mir kalt wurde.

„Du spinnst doch. Es gibt nicht nur einen höchsten Punkt, es gibt jede Menge höchste Punkte im Leben. Und du kannst doch mit 18 Jahren nicht ernsthaft denken, dass du das Beste schon erlebt hast."

Josie antwortete nicht und starrte weiter in die Ferne. Und mir war plötzlich so unbehaglich zumute, dass ich das Thema fallen ließ. Wir sprachen nie wieder über den höchsten Punkt. Aber ich wusste, dass Josie daran dachte. Ich beobachtete sie häufig und versuchte zu verstehen, was in ihr vorging. Sie war träge geworden. Teilnahmslos. Es war, als hätte jemand das Licht in ihr ausgeknipst. Und dann fragte ich mich ängstlich, ob Josie Recht hatte mit ihrem Gerede vom höchsten Punkt. Ich versuchte noch ein paarmal, Zukunftspläne mit ihr zu schmieden, aber sie wurde jedes Mal wütend.

„Stress mich nicht" fuhr sie mich an.

„Kannst ja ohne mich abhauen, wenn´s dir hier nicht passt" hieß es sogar einmal, als sie besonders schlecht gelaunt war und dann verstummte ich.

Ich verstand nicht, warum sie plötzlich unsere früheren Träume blockierte. Ich fühlte mich wie auf Pause und dieser Zustand machte mich nervös. So sehr, dass ich Josie gegenüber eine ganz neue Gereiztheit verspürte und über mich selbst erschrak. Ich fühlte mich machtlos. Das Problem war, dass ich mit Josie überallhin, aber ohne sie nirgendwohin wollte. Die Tage vergingen, nichts passierte. Planlos, ziellos ließen wir uns treiben, gingen tanzen, rauchten Joints auf unserer Picknickdecke auf dem Bahndamm, beobachteten die Wolken, träumten vor uns hin. Ich träumte von meiner Zukunft. Keine Ahnung, wovon Josie träumte.

Kapitel 5

Ich begann, mich häufiger mit Mina zu treffen. Das ging Josie zwar gegen den Strich, aber mir tat es gut. Mina studierte Sozialpädagogik, arbeitete nachts hinter der Theke im *Spot*, um sich ein WG-Zimmer zu finanzieren und war wohltuend unkompliziert. Ich bewunderte sie dafür, wie sie mit gutgelaunter Energie und ohne Kopfzerbrechen ihr Leben anpackte. In meinem eigenen Leben hatte ich immer mehr das Gefühl, vom Stillstand erdrückt zu werden, in Zeitlupe unaufhaltsam von zwei schwerfälligen Steinen zermalmt zu werden.

Wenn ich den Stillstand gar nicht mehr aushielt, legte ich mir einen neuen Lover zu. Das war ein fader Trost, denn meine Affären verliefen immer nach dem gleichen Schema. Die ersten drei Tage war ich euphorisch und redete mir ein, den Mann fürs Leben gefunden zu haben. Am vierten Tag ging mir mein potenzieller Lebenspartner bereits furchtbar auf die Nerven. Holger war auch keine Ausnahme gewesen. Ich hatte ihn vor ein paar Nächten im *Spot* kennen gelernt und hatte ihm aufgrund seines verschleierten, ständig ins Leere wandernden Blicks eine mysteriöse Aura angedichtet. Später stellte sich heraus, dass sich hinter dem geheimnisvollen Blick nur eins verbarg: Ein dauerbekifftes Gehirn, das grundsätzlich erst nach mehrmaligem Ansprechen reagierte. Und manchmal noch nicht einmal das. Josie zog immer nur spöttisch die Augenbrauen hoch, wenn ich von meinen Eroberungen erzählte.

„Dass du dir dafür nicht zu schade bist…" erklärte sie spitz.

Ich war mir nie sicher, was genau sie damit sagen wollte, aber da ich mich bei diesem spitzen Tonfall wie ein kleiner schmutziger Käfer fühlte, fragte ich lieber nicht weiter nach. Josie war immer noch unglücklich in ihren Nachbarn Florian verliebt. Und Florian war, wie ich schon zu Genüge von Josie erfahren hatte, sehr sensibel. So sensibel, dass er sich nie sicher war, ob er sie liebte oder nicht. Sie begegneten sich, wie Josie sagte, auf einer höheren Ebene, lasen sich gegenseitig Gedichte vor und sprachen über Florians Psychotherapie. Ich hätte nichts dagegen gehabt, dem sexy Florian auf höheren Ebenen zu begegnen, aber dafür war ich anscheinend zu gewöhnlich. Für mich waren die Holgers dieser Welt bestimmt.

Ich starrte fest auf den Busfahrplan, um Holger

nicht ansehen zu müssen. Nicht diesen flehenden Blick sehen zu müssen, der ausnahmsweise mit voller Konzentration auf mich gerichtet war. Wie ein Hundebaby, das man an der Autobahnraststätte ausgesetzt hat, dachte ich und fühlte mich traurig. Nicht wegen Holger, sondern wegen den Hundebabys.

„Aber gestern war doch noch alles gut..."

Holger grabschte in Zeitlupe nach meiner Hand, aber ich wich ihm schnell aus und wühlte in meiner Tasche herum.

„Ich sag doch, es tut mir leid. Keine Ahnung, was mit mir los ist, echt. Ich kann das einfach nicht....'ne Beziehung haben, meine ich."

Bitte geh doch endlich, beschwor ich ihn lautlos. Ich wollte ihn schnell vergessen, die nötige innere Distanz wieder herstellen und nicht daran denken, dass ich es wieder nur vier Tage mit meiner neuesten Eroberung ausgehalten hatte. Waren vier Tage Beziehung nicht ohnehin viel zu kurz für eine dramatische Trennungsszene? Eben, da brauchte ich mich gar nicht schuldig zu fühlen.

„So ´ne Nummer kannst du mit mir nicht abziehen. Ich hab meinen Stolz, weißt du?" erklärte Holger mit schleppender Stimme und ich hätte beinahe gelacht, wenn es nicht so fies gewesen wäre. Stolz und Holger, das klang absurd.

„Du findest bestimmt bald ´ne viel tollere Frau. Die Mädels sind doch alle ganz verrückt nach dir" log ich stattdessen verzweifelt. Das funktionierte. Mit einem „worauf du dich verlassen kannst" warf Holger mir einen letzten plüschäugigen Blick zu, schüttelte die fettigen Haare in einer vermeintlich temperamentvollen Geste und schlurfte dann endlich nervtötend langsam davon. Ich schämte mich für die Erleichterung, die mich durchflutete und fühlte mich wie ein herzloses Miststück. Obwohl ich wusste, dass ich das gar nicht war. Ich war ja selber nicht glücklich mit meiner Sprunghaftigkeit. Jede Woche ein neuer Typ, jedes Mal neue große Hoffnungen, die zerplatzten, sobald sie Form angenommen hatten. Übrig blieben nur Leere, Enttäuschung und das Miststück-Gefühl.

„Warum zerbrichst du dir immer den Kopf um deine Männergeschichten? Genieß die Zeit doch einfach und wenn es vorbei ist, ist es vorbei…", erklärte Mina fröhlich, die ihre Liebhaber noch häufiger wechselte als ich. Vielleicht hatte ich den Kopf zu oft in meine Bücher gesteckt und mir zu viele Geschichten zurechtgesponnen. In meinem kleinen romantischen Herz war ich davon überzeugt, dass das Leben nichts wert ist, wenn es auf dem Silbertablett daherkommt. Dass man selbst nicht viel wert ist, wenn man nur lauwarme Gefühle hat.

Nach jeder gescheiterten Kurz-Beziehung gab es nichts Tröstlicheres für mich, als bei Josie im Zimmer zu sitzen und ihr beim Malen zuzusehen. Ich mochte das Chaos aus zerdrückten Farbtuben, mit Farbklecksen beschmierten Stofflappen und merkwürdigen Objekten, die Josie anschleppte und die ihrer Meinung nach dazu bestimmt waren, sich in Kunst zu verwandeln. Ich beobachtete sie, wie sie mit gerunzelter Stirn einen alten Männerschuh mit Silberspray veredelte und eine verwelkte Rose hineinstellte.

„Erkennst du, was das ist?"

„Ein 80-jähriger Tango-Tänzer, der seiner weißhaarigen, faltigen Frau eine Liebeserklärung macht" rätselte ich.

Josie lachte und pustete sich eine Haarsträhne aus dem Gesicht.

„Igitt, bist du kitschig! Nee, das hier ist der Unterschied zwischen Mann und Frau. Guck mal, der Altknacker stäubt sich ´ne Schicht Silber drüber und macht wieder was her, zumindest oberflächlich betrachtet, weil kaputt ist der Schuh ja trotzdem, und die Frau, naja, die verblüht einfach ehrlich und bescheiden."

„Ich finde meine Interpretation schöner."

„Das Leben ist aber nicht schön."

Josie warf dem silbernen Männerschuh einen bösen Blick zu und sah hinreißend aus mit ihrer ausgebeulten Jogginghose und den Silberspritzern im Gesicht.

„Was guckst'n so?"

„Das Leben ist vielleicht scheiße, aber DU bist schön. Vielleicht sollten wir der Welt ´ne ordentliche Schicht Silberspray verpassen."

„Ja, das wäre doch mal ´n erfrischend sinnvolles Kunst-Projekt… Übrigens, warum bist du vorhin so dramatisch schniefend hier reingerauscht? Hast du mal wieder mit irgendjemandem Schluss gemacht?"

„Er hieß Holger. Du könntest dir zumindest die Mühe machen und dich an seinen Namen erinnern."

„Wozu? Nächste Woche kommt 'n Neuer."

Josie kicherte und angelte nach meiner Zigarettenschachtel.

„Wir könnten Wortketten bauen, so wie früher im Bus auf Klassenfahrten. Wen hatten wir denn im vergangenen Jahr in Emmas Bett? AndreasSimonNicoOskar…."

„Sehr witzig."

Aber ich fühlte mich besser. Ich liebte es, bei Josie zu sein, auf dem kleinen Dachvorsprung vor ihrem Fenster zu sitzen und von dort aus auf das riesige Naturschutzgebiet hinunterzuschauen, das direkt an ihr Haus grenzte. Hier fühlte ich mich immer wie in einer Geschichte von Astrid Lindgren, also diese Art von Geschichten, in denen alles gut und friedlich ist und in denen alle den ganzen Tag Pfannkuchen mit Blaubeeren essen. Bei Josie lag immer ein Hauch Zauber in der Luft und die Episode mit Holger verblasste bereits in meiner Erinnerung. Da Josie sich später noch mit Florian auf ein erotisches Krisengespräch treffen wollte, lief ich zu mir nach Hause. Mina rief an.

„Gehen wir heute Abend tanzen?"

„Ich muss erst noch arbeiten."

„Sollen wir dich abholen? André kommt mit dem Auto vorbei und bringt ein paar Freunde mit."

„Auf keinen Fall! Ich will niemanden bei meiner Arbeit sehen, den ich kenne!"

„Schon gut. Dann ruf halt an, wenn du fertig bist, okay?"

Kapitel 6

Natürlich hielt sie sich nicht daran.

„Du siehst soooooo süß aus…." flötete Mina und zupfte an meinen geflochtenen Zöpfen.

Inspiriert durch Minas unerschöpfliche Energie hatte ich beschlossen, mir einen Sommerjob zu suchen, um überhaupt irgendetwas zu tun. Dabei hatte sich schnell herausgestellt, dass ich kein Talent für klassische Sommerjobs hatte. Kellnern kam nicht in Frage, weil ich so tollpatschig war. Nachdem ich an meinem ersten Arbeitstag in einem Szene-Café mehrere Gläser zerbrochen, einen Gast mit Bier überschüttet und mir selbst beim Flambieren den Daumen verbrannt hatte, meldete sich der Chef nie wieder bei mir, um einen neuen Arbeitstermin zu vereinbaren. Zum Babysitten fehlte mir die Gelassenheit. Ich hatte einmal auf das Baby unserer Nachbarn aufgepasst und war drei Stunden lang mit dem schreienden Baby auf dem Arm singend durch die Wohnung spaziert. Als die Eltern endlich nach Hause kamen, war das Baby vor Erschöpfung eingeschlafen und ich heulte allein weiter. So etwas wollte ich nie wieder machen. Dann hörte ich von einem Promotionsjob bei Ikea und wurde sofort eingestellt, weil ich mit meinen lan-

gen blonden Haaren und den blauen Augen an-
geblich so schwedisch aussah. Zwei Wochen
lang sollte ich in gelb-blauer Schwedentracht mit
Bluse, Faltenrock, Schürze und geflochtenen
Zöpfen Sötsak-Haferkekse aus einem Strohkörb-
chen an alle Ikea-Besucher verteilen und über die
neuesten Möbel-Angebote informieren. Ich hatte
noch nie so dämlich ausgesehen. Immerhin war
meine Mutter glücklich und kam mich mehrmals
bei der Arbeit besuchen. Ganz gerührt war sie,
dass ich nun meine ersten Schritte in die Selbst-
ständigkeit unternahm, wie sie das formulierte.
„Ach Kind, wie hübsch du aussiehst in diesen
leuchtenden Farben! So gesund! Gar nicht so
ausgeschissen wie sonst mit dem ganzen
Schwarz" rief sie begeistert. Ich steckte ihr mit
bitterbösem Blick ein paar Sötsaks zu.

Und jetzt auch noch Mina mit diesen drei Typen.
Als ob ich mit der Vertragsunterzeichnung
meine bedingungslose Bereitschaft erklärt hätte,
mich vor der ganzen Stadt zu blamieren.
„He Emma, in den Klamotten könntest du 'n
Schweden-Porno drehen" witzelte André und
seine Freunde machten dümmlich „höhöhö" im
Chor.
Ich verdrehte nur die Augen und musterte
Andrés Freunde. Der mit den kurzen braunen

Haaren und dem engen weißen T-Shirt hatte ein bisschen Ähnlichkeit mit Dylan aus *Beverly Hills 90210*, für den ich immer eine Schwäche gehabt hatte. Der falsche Dylan strahlte mich an, als wäre ich ein Himbeereis mit Sahne. Vielleicht hatte er einen Fetisch für schwedische Holzschuhe? Neben ihm stand Eddie, etwas dicklich, merkwürdiger Haarschnitt und nicht der Allerhellste. Der dritte im Bunde schaute arrogant drein, schwieg beharrlich und schüttelte hin und wieder seine ungekämmten schwarzen Haarsträhnen aus dem Gesicht. Tick, Trick und Track, dachte ich insgeheim und musste lächeln. Dylan bezog das wohl auf sich und zwinkerte mir verschwörerisch zu.

„Und da sollen wir echt rein?"
Radek, wie sie den Arroganten nannten, beobachtete skeptisch den Eingang. Ohne Holzschuhe und Kittelschürze fühlte ich mich wohler in meiner Haut. Dylan, der zwar eigentlich Thorsten hieß, aber das war nun wirklich ein unpassender Name für so einen hübschen Kerl, warf mir schmachtende Blicke zu. Die Jungs hatten eine große Flasche Whisky-Cola gemixt, die während der Autofahrt zwischen uns herumkreiste. Und Mina hatte einen dicken Joint für uns alle gedreht. Das Leben war schön.

„Was laufen denn da für Leute rum auf so 'ner Gothic-Party?" meldete sich jetzt auch Eddie zu Wort, der vorn am Lenkrad saß und keinerlei Anstalten machte, aus dem Auto zu steigen.

„Bärtige Pädagogikstudenten mit Depressionen" schlussfolgerte Radek nach einem Blick auf die Schlange vor dem *Spot*. André löste sich für einen Moment von Mina und wandte sich seinen Kumpels zu.

„Da laufen Weiber rum, da fallen euch die Augen raus! Die haben nix an, Alter, ich schwör's euch!"

Mehr brauchte man anscheinend nicht zu sagen, damit Eddie voller Elan wohin auch immer rannte. Mit einem munteren „Auf geht's!" schwang er seinen kleinen feisten Körper aus dem Auto. Ich zog Radek und Dylan hinter mir her.

„Husch, husch, die nackten Pädagogikstudenten warten" kicherte ich. „Ich nehme den da drüben mit dem roten Vollbart!"

Mina und André waren zu einem knutschenden Klumpen verschmolzen und nicht mehr ansprechbar, aber ich hatte ziemlich viel Spaß mit den drei Jungs. Eddie entpuppte sich als Gentleman und sorgte dafür, dass mein Whisky-Cola-Glas niemals leer wurde. Dann versuchte er, mit den hochnäsigen Gothic-Schönheiten anzubandeln und erntete einen eisigen Blick nach dem anderen. Wir lachten über jeden neuen Misserfolg und Eddie lachte gutmütig mit. Dann stand plötzlich Olaf mit glasigem Blick vor mir.

„Hab ich dir schon mal gesagt, dass du wie ein Engel aussiehst?"

„Ja klar" kicherte ich. „Wie diese dicken pausbäckigen Monster auf altmodischen Weihnachtskarten, besten Dank."

„Nee, wie 'n voll schöner Engel."

„Olaf, du bist besoffen."

„Ich bin selbst im Koma-Suff noch heller als die drei Typen zusammen. Was willst du mit denen?"

„Ach, das sind Freunde von Mina, die sind okay."

„Und deswegen musst du denen halb auf'm Schoß hängen?"

„Eh, was ist 'n los mit dir?"

Olaf brabbelte mit gesenktem Blick etwas Unverständliches vor sich hin.

„Was?"

„Nichts. Gar nichts. Nur, dass ich dachte, dass du anders bist und ich … ach, vergiss es! Mach doch, was du willst, ich scheiße auf euch Weiber!"

„Hey, was hab ich dir denn getan? Eh, warte

doch!"

Aber Olaf hatte sich schon losgerissen und bahnte sich einen Weg durch die Menge, um weiter zu tanzen. Ratlos sah ich ihm eine Weile zu. Natürlich hatte ich immer gewusst, dass er mich mochte. Aber Olaf mochte alle Mädchen. Eine nach der anderen schleppte er ab. Ich schüttelte mich. Nachdenken konnte ich später immer noch, aber erst einmal wollte ich mich amüsieren.

Wir quetschten uns wieder zu sechst in Eddies Auto, öffneten eine neue Whiskyflasche, Eddie fuhr viel zu schnell, irgendein Balkan-Techno wummerte aus den Boxen, Mina beschwerte sich lauthals über die Musik und ich musste ununterbrochen lachen. Radek hielt seinen Kopf aus dem offenen Fenster und stieß einen gellenden Schrei in die laue Sommernacht hinaus.

„Was hat der denn?" fragte ich irritiert.

„Keine Sorge" grinste Eddie. „Das macht er immer, wenn er sich lebendig fühlt."

Wir fuhren zu Radeks Wohnung, rauchten einen Joint und dann holte Radek einen Beutel mit weißem Pulver aus dem Schrank und breitete sechs Lines auf dem Glastisch aus. Ich lehnte dankend ab. Härtere Drogen machten mir Angst. Die Wirkung von Alkohol und Marihuana konnte ich einschätzen, auch wenn ich mit meiner Einschätzung manchmal daneben lag. Die anderen drehten durch das Kokain richtig auf und redeten wild durcheinander. Ich hing währenddessen meinen eigenen Gedanken nach. Plötzlich dachte ich an Josie und an unseren Traum vom Leben im Süden am Meer und wurde traurig. Vielleicht war alles schon vorbei, bevor es überhaupt angefangen hatte. Wie eine Sternschnuppe hatte unser Traum geleuchtet und verpuffte nun völlig unspektakulär im Nichts. Dylan-Thorsten legte den Arm um mich und raunte mir etwas ins Ohr, aber in meiner melancholischen Stimmung wurde mir das lästig und ich rutschte ein Stück von ihm weg.

„He...weißt du, was du brauchst? Ne ordentliche Line Koks, um dich locker zu machen!"

„Nee, lass mal. Ich bin so maßlos, ich würde nie wieder aufhören wollen" antwortete ich ehrlich.

„Bist du auch im Bett so maßlos?" konterte Dylan-Thorsten anzüglich und löste damit bei den anderen johlendes Gelächter aus.

Ich spürte, wie ich knallrot wurde und ließ den Blick durch den Raum schweifen, um mir meine Verlegenheit nicht anmerken zu lassen. Mein Blick blieb an Radek hängen. Er war der Einzige, der nicht lachte. Ganz ruhig saß er da und sah mir direkt in die Augen, ohne den Blick abzuwenden. Er sah mich einfach nur an und ich hatte das Gefühl, dass mich noch nie jemand so angesehen hatte. „Er hat ja ganz grüne Augen" dachte ich noch und dann begannen plötzlich die Wände zu wackeln und der Boden zu beben, aber da alle anderen ganz ruhig sitzen blieben, musste es wohl an mir liegen oder an ihm, denn er lächelte plötzlich, als ob auch er das Wackeln bemerkt hätte. Und das ließ mich völlig die Kontrolle verlieren. Ich hatte zu viel getrunken oder zu viel gekifft, auf jeden Fall passierte irgendetwas extrem Merkwürdiges mit mir und ich fühlte mich so hilflos, dass mir die Tränen in die Augen stiegen. Ich musste schleunigst weg. Mit piepsiger Stimme murmelte ich etwas von „schon sehr spät und sehr müde", griff nach meiner Handtasche und hastete zur Wohnungstür, ohne auf die Angebote von Mina und Dylan-Thorsten zu achten, die mich nach Hause begleiten wollten. Radek folgte mir in den Flur und hielt mir die Tür auf.

„Bist du sicher, dass du schon weg willst?"

„Nein, ich meine ja. Ja, ganz sicher... glaube ich" stotterte ich und versteckte meine zitternden Hände hinter meinem Rücken.

„Okay, na dann... komm gut nach Hause."

„Vielleicht sieht man sich ja mal wieder?" stieß

ich nervös hervor und fühlte mich wie der größte Trottel aller Zeiten.

„Ganz bestimmt."

Er lächelte mich an, was alles nur noch schlimmer machte, weil ich mich nun nicht mehr bewegen, sondern nur schwachsinnig zurücklächeln konnte. Ich musste dringend weg und wieder einen klaren Kopf bekommen. Mühsam machte ich ein paar Schritte rückwärts, rannte dann die Treppe hinunter und riss die Haustür mit so viel Schwung auf, dass mir die Tür gegen den Kopf knallte und ich hinfiel. Draußen war es schon hell, die Vögel zwitscherten und ich atmete ein paar Mal tief durch. Dann begann ich hysterisch zu lachen. Ich hatte eine riesige Beule am Kopf und war rasend, besinnungslos verliebt.

Kapitel 7

Josie lag - Teebeutel auf den verheulten Augen-
lidern - auf dem Sofa und stöhnte genervt.
„Bitte, Emma, nicht so viel Dramatik, das Gespräch mit Florian war wieder sehr intensiv!"
Ich seufzte theatralisch.
„Aber wenn ich's dir doch sage: Die Erde hat ge-
bebt! Ich hab ihm in die Augen gesehen und
plötzlich hat alles unter mir gewackelt! Das ist
die ganz große Liebe!"
Josie wirkte nicht überzeugt.
„Aber du kennst ihn doch gar nicht! Wie kannst
du verliebt sein, wenn du nur ein paar idiotische
Sätze von jeweils vier Wörtern mit ihm gewechselt hast?"
Ich biss mir auf die Zunge, um nicht zu antworten, dass ich in diesem einen Blick seine ganze
Seele erkannt hätte.
„Und was willst du jetzt machen?"
Josie lugte aus ihren Teebeuteln hervor, weil von
mir kein Ton mehr kam. Ich zuckte kleinlaut mit
den Schultern.
„Na, ich weiß doch, wo er wohnt."
„Ja und? Willst du klingeln und sagen: Hallo,
weißt du noch, ich bin die, die dich letzte Nacht
wie 'n hypnotisiertes Kaninchen angestarrt hat
und dann hysterisch nach Hause gerannt ist?"

Josie kicherte und ich wünschte mir eine Freundin mit weniger ausgeprägtem Sinn für Humor.

„Mann, er hat mich doch auch angestarrt, dafür gibt´s doch 'n Grund!"

„Vielleicht war er stoned" schlug Josie pragmatisch, aber, wie ich fand, reichlich herzlos vor. Nach einem Blick auf mein verzweifeltes Gesicht seufzte sie.

„Du machst doch sowieso, was du willst... und anscheinend bist du dir für nichts zu schade" murmelte sie, bedeckte die Augen wieder mit Teebeuteln und kehrte in Gedanken vermutlich zu dem intensiven Gespräch mit Florian zurück.

„Emma! Das ist ja 'ne Überraschung!"

„Ja, nicht wahr?" kicherte ich nervös und biss mir dann schnell auf die Lippe. Radek sah mich fragend an und mir wurde bewusst, dass ich irgendetwas sagen musste. Minas Trick mit dem vielsagenden, wortlosen Lächeln funktionierte vielleicht bei ihr, aber würde in meinem Fall nur dafür sorgen, dass ich wie ein Psychopath wirkte.

„Ich bin gerade hier vorbeigefahren." Die Röte schoss mir ins Gesicht, aber jetzt gab es kein Zurück mehr.

„Also, zufällig vorbeigefahren, meine ich. Mit dem Fahrrad."

Radek grinste und schwieg und ich spürte Verzweiflung in mir aufsteigen.

„Und dann hab ich dein Haus gesehen und dachte, naja, vielleicht könnten wir ja zusammen in der Gegend rumfahren."

Meine Güte, klang das bescheuert. Ich starrte hilflos auf meine blaulackierten Zehennägel und versuchte, ruhig und gleichmäßig zu atmen. Nicht hecheln und schon gar nicht japsen.

„Auf ´n Friedhof?" fragte er schließlich.

„Hä?"

„Gehen kleine Gothic-Mädchen wie du nicht gern auf den Friedhof?"

„Nein, ich meine, doch, also, ich bin kein kleines Gothic-Mädchen."

„Okay. Aber merkwürdig bist du."

„Nur am Anfang. Und außerdem ist merkwürdig eigentlich ein positives Wort, merk-würdig, weißt du?"

Ich traute mich endlich, den Blick zu heben und sah ihn lächeln.

„Absolut merkwürdig. Wollen wir los?"

Ich mochte Friedhöfe. Nicht wegen irgendeinem Gothic-Quatsch, im Grunde genommen hatte ich mit Gothic nichts am Hut. Ich trug schwarze Klamotten, weil das schlank machte und ins *Spot* ging ich wegen Mina und den anderen aus der

Clique. Nein, ich mochte Friedhöfe wegen der Bäume. Es gab nichts auf der Welt, was eine beruhigendere Wirkung auf mich hatte als große, alte Bäume. Und davon gab es auf dem Friedhof jede Menge. Alte Bäume, wild wucherndes Gras und Vogelgezwitscher.

„Das hier ist mein Lieblingsplatz" erklärte Radek und ließ sich auf einer morschen Holzbank neben einer Fliederhecke nieder. „Hier riecht´s immer so gut."

„Als ich klein war, haben wir hier in der Nähe gewohnt" erzählte ich. „Ich hab hier oft mit meinen Freundinnen *Familie von Schlotterstein* gespielt, bis uns mal eine Oma angeschnauzt hat. Seitdem war ich nicht mehr hier."

„Familie von was?"

„Kennst du den kleinen Vampir nicht?"

„Nee, ich kenne nur Dracula."

„Der kleine Vampir ist viel cooler. Das ist ein netter, süßer Vampir, der sich mit einem Menschenjungen anfreundet, ihm fliegen beibringt und sowas."

„Was für ´n Quatsch."

„Wieso?"

„Weil der Vampir dem Jungen in Wirklichkeit irgendwann seine Zähne in den Hals gehauen hätte. Oder der Junge dem Vampir einen Holzpflock ins Herz."

„Bist du immer so zynisch?"

„Nee, aber so ist nun mal die Realität."

„In Wirklichkeit ist die Realität ganz anders" murmelte ich.

„Und was soll das jetzt schon wieder heißen?"

„Dass jeder Mensch eine andere Wahrnehmung und deswegen auch eine andere Realität hat."

„Hast du so´n Scheiß in der Schule gelernt? Dann hab ich ja nichts verpasst."

„Sowas lernt man nicht in der Schule. Das lernt man beim selbstständigen Denken."

„Ach, na dann. Hauptschüler wie ich denken ja nicht" ätzte er. Dann lachte er plötzlich. „Musst du eigentlich immer das letzte Wort haben?"

„Nein, überhaupt nicht. Eigentlich rede ich sonst ziemlich wenig."

„Siehst du, schon wieder!"

Ich lachte auch und deutete auf die Fliederhecke.

„Für ´n Zyniker hast du dir ´n viel zu idyllischen Lieblingsplatz ausgesucht. Wäre ´ne siffige Bushaltestelle nicht passender gewesen?"

„Ich komme immer hierher, wenn ich nachts nicht schlafen kann. So viel Ruhe findest du nirgendwo sonst."

„Ich kann nachts auch oft nicht schlafen und dann denke ich mir Geschichten aus."

„Was für Geschichten?"

„Och, nix Besonderes, halt so Geschichten für

merkwürdige Mädchen wie mich…"

„Weißt du was? Wenn du das nächste Mal nicht schlafen kannst, kommst du zu mir und dann fahren wir wieder hierher und du erzählst mir deine Geschichten."

Ich nickte glücklich und brachte kein Wort heraus.

Wir begannen, uns häufiger zu sehen. Immer nachts. Meine Tage waren ausgefüllt mit Josie, meinem Sommerjob, Mina, Olaf und den anderen aus der Clique. Aber nachts, wenn ich nicht schlafen konnte und über mein Leben nachdachte, schwang ich mich aufs Fahrrad und fuhr zu Radeks Wohnung. Es brannte immer Licht bei ihm. Bei meinen ersten Besuchen machte ich mir noch Sorgen, dass ich ihm auf die Nerven gehen könnte. Und dass er vielleicht etwas Besseres zu tun hatte, als mitten in der Nacht mit einem merkwürdigen Mädchen zu quatschen. Aber er öffnete mir jedes Mal mit einem breiten Grinsen die Tür, wenn ich zu den unmöglichsten Zeiten bei ihm aufkreuzte.

„Schläfst du eigentlich nie?" fragte ich ihn einmal, als wir um 3 Uhr morgens in seiner Küche hockten und versuchten, aus Rum, Dosenfrüchten und Kirschsaft einen halbwegs ansehnlichen Cocktail zu zaubern.

„Nee. Ich schlafe lieber tagsüber. Wenn's nach mir ginge, würde ich die Zeit umdrehen und nur noch nachts leben. Das klappt eh besser."

„Wie meinst du das?"

„Na, nachts, wenn alle anderen schlafen, gehört die Welt mir. Dann bestimme ich die Regeln und bin so was wie der König der Stadt."

Er grinste und ich beobachtete fasziniert, wie sich dabei auf seiner linken Wange ein Grübchen bildete.

„Und tagsüber?"

„Puh, tagsüber ziehe ich mir die Decke über die Ohren, räume meine Wohnung auf, rauche einen Joint und spreche mit meinem Goldfisch. Harmlose Sachen halt, bei denen nichts schief gehen kann. Reine Vorsichtsmaßnahme."

Er lachte, das Grübchen kam zurück und in seinen grünen Augen tanzten kleine goldene Funken.

Nach und nach erzählte er mir mehr von seinem Leben, von all den großen und kleinen Schwierigkeiten, in denen er gesteckt hatte, seit er zurückdenken konnte. Von seinem ständig betrunkenen Vater, der ihn beim kleinsten Vergehen in eine dunkle Abstellkammer gesperrt und, wenn er sehr betrunken gewesen war, manchmal stundenlang dort drin vergessen hatte. Von der Dunkelheit, die er nie vollständig losgeworden war. Von den Schlägercliquen aus der Plattenbausiedlung, die ihm erst das Leben zur Hölle machten und dann seine Freunde wurden. Radek war schlau, charmant und kannte keine Skrupel. Je älter er wurde, desto mehr wurde er im ganzen Viertel respektiert und bewundert. Nachdem er jahrelang Autos geknackt und an den glatzköpfigen Autohändler am Ende der Straße verkauft hatte, war er kurz nach seinem 17. Geburtstag zum Dealer aufgestiegen. Einmal pro Woche kam jetzt ein protziger Mercedes durch seine Straße gefahren und durch das heruntergekurbelte Fenster bekam er neue Pillen ausgehändigt, die er auf den Partys unter die Leute brachte.

„Zieh dir das mal rein: Andere Leute geben Geld aus beim Feiern – ich verdiene dabei…" erzählte er begeistert und ich musste wider Willen lächeln. Er wirkte so verdammt stolz, dass ich nicht den Moralapostel spielen wollte.

„Bist du glücklich mit deinem Leben?" wagte ich nur einmal zu fragen. Er schaute mich nachdenklich an und zuckte dann mit den Schultern.

„Weiß nicht. Spielt es eine Rolle, ob ich glücklich bin oder nicht? Über sowas denke ich nicht nach."

„Ich zerbreche mir ständig den Kopf darüber. Ich

meine, über mein eigenes Leben. Und frage mich immer, wie mein Leben sein soll und ob es nicht irgendwo anders viel besser wäre."

„Und? Hat´s dir was gebracht?"

Als ich ratlos mit den Schultern zuckte, kniff er mich sanft in die Wange.

„Nicht so viel denken, Emma. Einfach leben!"

Kapitel 8

Das Handyklingeln riss mich unsanft aus dem Schlaf. Ich zog mir das Kissen über den Kopf, um mich weg von dem penetranten Klingeln zurück in meine Traumwelt zu flüchten. Aber es klingelte weiter. Welcher Vollidiot ruft denn mitten in der Nacht an und lässt es dann auch noch ewig klingeln? fragte ich mich gereizt, während ich in dem Klamottenberg neben meinem Bett nach dem verdammten Handy wühlte.

„Emma? Ich bin´s."

Radek. Mein Herz machte einen Satz.

„Entschuldige, ich weiß, es ist spät. Hab ich dich geweckt?"

„Hm… was ´n los?"

„Kannst du herkommen? Bitte?"

„Wie, du meinst jetzt?" Ich warf einen verzweifelten Blick in den Spiegel. Müde und ungeschminkt, das war nicht mein optimaler Zustand. Während ich noch überlegte, ob Wimperntusche und ein bisschen Rouge ausreichten, hörte ich aus dem Handy röchelnde Geräusche.

„Radek? Bist du okay?"

„Nee, ich hab fast 'ne ganze Flasche Whisky allein getrunken. Mir geht´s voll scheiße. Bitte komm, Emma!"

„Gib mir 15 Minuten, ich bin gleich da."

Als Radek die Tür öffnete, sah ich sofort, dass er geweint hatte. Und das brach mir das Herz. Ich selbst weinte ja häufiger mal, das war nichts Besonderes. Wenn Josie weinte, war das schon bedrohlicher. Aber wenn ein Kerl wie Radek weinte, dann war das so unglaublich traurig, dass ich am liebsten mitgeweint hätte. Ich wusste nicht, was ich sagen sollte und nahm ihn nur in den Arm. Auf dem Tisch lagen neben der leeren Whiskyflasche ein paar Fotos. Ich sah einen kleinen lachenden Jungen mit einem Plüschdinosaurier im Arm.

„Bist du das?"

„Ja. Und das da ist meine Mutter." Er deutete auf eine dunkelhaarige hübsche Frau. „Das ist die letzte Erinnerung, die ich von ihr habe."

„Was ist mit ihr passiert?"

„Sie ist gestorben, als ich vier Jahre alt war. Bei 'nem Autounfall."

„Scheiße, das tut mir leid."

Ich suchte verzweifelt nach all den tröstenden, klugen Sätzen, die in solch einer Situation gesagt werden sollten. Und irgendetwas schien er von mir zu erwarten – wozu sonst hätte er mich mitten in der Nacht angerufen?

„Vermisst du sie oft?"

„Nein, ich hab ewig nicht mehr an sie gedacht. Ich kann mich ja kaum an sie erinnern, eigentlich kenne ich sie nur aus Erzählungen und von den Fotos. Aber auf einmal vermisse ich sie entsetzlich. Seit ich dich getroffen habe. Seitdem ist alles so komisch. Ich bin komisch. Lebendiger irgendwie… aber es tut auch mehr weh."

„Meinst du nicht, dass das Leben genauso sein sollte?"

„Wozu soll es gut sein, wenn es wehtut?"

„Weiß nicht… Vielleicht muss das Leben wehtun, wenn es intensiv ist. Und 'n Leben ohne Intensität wäre das Schlimmste für mich. Ich frage mich ständig, ob mein Leben nicht intensiv genug ist. Naja, der Vergleich ist bescheuert, aber ich habe höllische Angst davor, wie 'n Auto zu sein, das mit Spar-Geschwindigkeit fährt. Du weißt schon, genau die richtige Geschwindigkeit, um nicht zu viel Benzin zu verbrauchen. Ich brenne darauf, dass mein Leben richtig losgeht, dass wirklich was passiert!"

Radek wischte sich über die Augen.

„So 'n Leben auf Spar-Geschwindigkeit hat auch Vorteile."

„Aber es ist so halbherzig! Ich wollte immer mit Feuer und Leidenschaft leben, aber vielleicht bin ich am falschen Ort oder ich bin die falsche Person oder was auch immer."

„Feuer und Leidenschaft sind überall, Emma. Du musst nur die Augen und das Herz aufmachen und dich reinstürzen. Und immer wieder aufstehen, wenn du fällst. Wie ein Phönix."

„Du meinst diesen Vogel, der aus seiner Asche aufersteht?"

„Genau. Das ist eine griechische Sage, in der…"

„Sag bloß, du liest griechische Sagen!" unterbrach ich ihn kichernd.

Er warf mir einen strengen Blick zu.

„Ja, stell dir vor, ich besitze genau zwei Bücher. Eins über Cannabisanbau und eins mit griechischen Sagen. Aber für mehr reicht mein IQ nicht."

„Schon gut, tut mir leid."

„Also, in der Sage heißt es, dass der Phönix aus der Asche von Osiris geboren wurde. Osiris war sowas wie der Chef der Unterwelt. Wenn der Phönix merkte, dass er bald sterben würde, baute er sich ein Nest, setzte sich hinein und verbrannte. Er ließ aber immer ein Ei zurück, aus dem kurze Zeit später ein neuer Phönix schlüpfte. Man sagt, dass der Phönix so viele Jahrhunderte lebte."

Er warf seine zotteligen Haarsträhnen zurück und strahlte mich an.

„Krass, oder?"

„Total krass", lächelte ich. „Leihst du mir das Buch mal?"

„Wehe, du erzählst irgendjemandem, dass ich

griechische Sagen lese."

„Niemals. Und du erzählst niemandem, dass ich mir Geschichten ausdenke, wenn ich nicht schlafen kann."

„Danke, Emma."

„Wofür?"

„Dafür, dass du gleich hergekommen bist. Und überhaupt."

„Geht´s dir besser?"

„Glaub schon. Kannst du heute Nacht hier bleiben?"

Ich half dem wankenden Radek ins Bett und kuschelte mich an seine Seite.

„Du bist das merkwürdigste Mädchen, das ich jemals getroffen habe" murmelte Radek schläfrig und betrunken, hielt meine Hand fest und schlief ein.

Ich lernte einen ganz anderen Radek kennen, als den, den er allen anderen zeigte. Im Umkehrschluss bedeutete das, dass unsere Freundschaft nur funktionierte, so lange wir allein waren. Hin und wieder lungerte Eddie noch bei Radek herum, wenn ich dort aufkreuzte und dann erkannte ich Radek nicht wieder. Wir wechselten dann kaum noch ein Wort miteinander, weil jede Vertraulichkeit lächerlich, kindisch, albern geklungen hätte. Wahrscheinlich trafen wir uns deshalb meistens nachts. So lange wir das Gefühl hatten, die einzigen Menschen auf der Welt zu sein, war alles gut. Wir streiften mit dem Fahrrad durch die schlafende Stadt, saßen an Radeks Lieblingsplatz unter der Friedhofsfliederhecke und erzählten uns Geschichten aus unserem Leben, bis die Sonne aufging und jeder zu sich nach Hause fuhr. Unsere Freundschaft endete quasi bei Tagesanbruch. Aber mir war das egal. Ich wollte einfach immer weiter an Radeks Seite durch die Nacht tanzen und spüren, wie die vertraute Welt unter meinen Füßen wackelte.

Kapitel 9

„Wo hast'n das her?" Ich warf einen misstrauischen Blick auf den klapprigen Renault. Radek tätschelte liebevoll den Kotflügel.

„Hab ich mir geliehen."

„Und wer von deinen Kumpels leiht dir sein Auto, wo du doch nicht einmal ´n Führerschein hast?"

„Ach, ist nicht direkt von 'nem Kumpel…eigentlich kennen wir uns gar nicht."

Ich warf einen Blick ins Innere des Renault und sah den Kabelsalat unterm Lenkrad.

„Scheiße, du tickst doch nicht ganz richtig!"

„Ist echt nur geliehen, nicht geklaut. Ich bring' den Wagen nachher wieder zurück."

Er sah mich bittend an.

„Kommst du jetzt? Ich hab 'ne Überraschung für dich."

„Wir könnten doch auch mit dem Rad fahren…" wandte ich kläglich ein, aber Radek sah mich nur weiter an und klopfte einladend auf den Beifahrersitz. Selbst schuld, dachte ich. Du warst ja so versessen darauf, mit Feuer und Leidenschaft zu leben, dann tu's jetzt auch. Also stieg ich ein. Radek fummelte zwischen den Kabeln herum, dann sprang der Motor an und wir fuhren los. Wir düsten aus der Stadt raus, am

Schlosspark vorbei und dann weiter auf einem holprigen Waldweg. Radek fuhr viel zu schnell, bei jeder Kurve schloss ich ängstlich die Augen und klammerte mich an meinem Sitz fest. Wenn ich schon sterbe, machte ich mir selbst Mut, dann zumindest mit ihm zusammen und dann ist es auch okay. Dann war das eben der höchste Punkt und basta. Radek wurde langsamer und wir fuhren aus dem Wald raus an Rapsfeldern vorbei, hinter denen sich Wolken zu einer Gewitterfront auftürmten. Das sah so schön aus, dass mir ganz seltsam zumute wurde. Hinten am Horizont die düsteren Naturgewalten und davor ganz klein Radek und ich in dem klapprigen Renault vor all dem Gelb. Wir bogen in einen Feldweg ein und jetzt erkannte ich auch, wo wir waren. Das Thermalbad. Früher war ich ein paarmal mit meinen Eltern dort gewesen, nie besonders gern. Meistens hockte man mit einem Haufen alter Leute dicht gedrängt in einem winzigen Blubberbecken und fühlte sich wie in einem Kannibalenkochtopf und im großen Außenbecken war auch nie Platz zum Schwimmen, weil dort ständig Krankengymnastik gemacht wurde. Radek zog die Bremse und strahlte mich erwartungsvoll an.

„Warst du schon mal da drin?"

„Ja, aber nicht nachts."

„Cool, ich auch nicht. Wollte ich aber schon immer mal machen."

Er stieg aus und kramte eine Zange aus seinem Rucksack.

„Mach keinen Scheiß" flüsterte ich. „Das ist Einbruch."

Radek lachte nur.

„Quatsch. Irgendwo muss man doch auch außerhalb der Öffnungszeiten baden dürfen. Was soll man denn sonst machen, wenn man spätabends plötzlich Lust bekommt zu schwimmen?"

„Man wartet auf den nächsten Tag wie jeder normale Mensch."

„Genau. Und das ist falsch. Weil dann…" er hob mahnend den Zeigefinger, „…nämlich DER MOMENT vorbei ist. Warten ist was für Feiglinge. Merk dir das, Emma: Wenn du was tun willst, dann tu's sofort."

Er schnitt in aller Seelenruhe ein Loch in den Zaun und schlüpfte auf die andere Seite. Ich schaute mich ängstlich nach allen Seiten um, aber da war außer uns niemand. Mit klopfendem Herzen krabbelte ich hinterher. Radek warf einen Blick auf mein panisches Gesicht und lachte laut.

„Wenn du noch länger die Luft anhältst, erstickst du gleich und dann habe ich echt ein Problem."

Ich atmete tief aus und die Anspannung ließ

nach.

„Ist das meine Überraschung?"

„Hm. Du hast doch mal gesagt, dass du das Meer so liebst. Die haben hier Salzwasser drin, weißt du?"

Ich hatte plötzlich Tränen in den Augen.

„Das ist die schönste Überraschung, die ich je bekommen habe."

Die ersten Tropfen fielen uns auf die Köpfe und dann prasselte es los. Eine richtige Regenwand kam da runter. Wir rissen uns schnell die Klamotten vom Körper, stopften sie in Radeks Rucksack, damit nicht alles klitschnass wurde, und sprangen ins Wasser. Erst bemühten wir uns noch, keinen Lärm zu machen, aber bei dem Wetter wäre sowieso kein Mensch auf die Idee gekommen, einen Spaziergang zum Thermalbad zu machen.

„Hast du den *Weißen Hai* gesehen?" fragte Radek.

„Ja, und ich hab immer noch Schiss, wenn ich im Meer 'n Schatten sehe...sogar wenn's in der Ostsee ist" kicherte ich.

„Hier kommt der fiese Schatten mit den großen Zähnen und will ein leckeres Stück Emma probieren" lachte Radek und knabberte an meinem Arm herum, bis ich mich quiekend befreien konnte.

„Ich war noch nie am Meer" sagte er dann plötzlich ernst und sah dabei so traurig aus, dass es mir wehtat.

„Wir fahren zusammen ans Meer, versprochen."

„Das ist doch voll weit weg. Hältst du es so lange mit ´nem Trottel wie mir aus?"

„Noch länger."

„Wie lange?"

„Bis in alle Ewigkeit."

Und dann nahm ich meinen ganzen Mut zusammen und küsste ihn. Wir sanken prustend unter Wasser, tauchten wieder auf, küssten uns weiter. Insgeheim habe ich immer eine Schwäche für die Swimming-Pool-Szenen in amerikanischen Filmen gehabt. Und nachdem ich zum ersten Mal *Dirty Dancing* gesehen hatte, wünschte ich mir jahrelang verzweifelt, einmal im strömenden Regen mit einem tollen Kerl im See zu stehen und Hebefiguren zu trainieren. Im wirklichen Leben ergeben sich solche Situationen ja nicht so oft. Wahrscheinlich gibt es nicht allzu viele Männer, die bei strömendem Regen im See Hebefiguren mit einem etwas zu kräftig gebauten Mädchen trainieren möchten und dabei nicht die eine oder andere Schraube locker haben. Nein, ich fragte Radek nicht, ob er mich auf seinen Armen durchs Becken tragen könnte. So bekloppt war ich nun auch wieder nicht. Aber trotzdem fühlte ich mich, als wäre ich mitten in einem Film gelandet. Wie das glücklichste Mädchen der Welt. Radek strich mir über die nassen Haare.

„Jetzt, in diesem Moment, müssten wir sterben" flüsterte er mir ins Ohr.

Und ich wusste genau, was er meinte. Der höchste Punkt.

„Ich hab noch 'ne Überraschung für dich... Hier, mach mal den Mund auf und streck die Zunge raus!"

Ich zögerte kurz.

„Das ist mein erster Trip. Passt du auf mich auf?"

„Na klar."

„Wie lange dauert's, bis es wirkt?"

„Wart's ab."

Alles war in blaues Licht getaucht. Ich war schwerelos. Ich bewegte eine Hand und sah fasziniert den Wellen zu, die ich damit erzeugte. Ich wollte tanzen und noch mehr Wellen erzeugen. Ein Schatten schwamm auf mich zu, aber ich hatte keine Angst. Ich dachte an den Delfin aus *Le Grand Bleu* und würde nie wieder Angst haben. Meine Haut schimmerte blau und ich starrte glücklich auf die Wassertropfen, die wie leuchtende kleine Sterne an meinem Körper hinunterrollten, sobald ich mich aus dem Wasser bewegte. Ich fand mich selbst wunderschön in Blau. Radek tauchte prustend neben mir auf und schüttelte seine Haare. Die Wassertropfen stoben in Zeitlupe in alle Richtungen. Wir küssten uns wieder und verloren den Boden unter den Füßen. Das Blau schlug über uns zusammen und wir schweben schwerelos durch ein Universum aus tanzenden Wassertropfen.

Ein dumpfes Hämmern drängte sich in meine schöne blaue Welt. Ich versuchte herauszufinden, wo ich war. Mein Gehirn reagierte nur in Zeitlupe und weigerte sich, mir weitere Orientierungshilfen zu liefern. Dann regte sich etwas neben mir und Radeks zerwühlte Haare kamen aus dem Kissenberg zum Vorschein.

„Ich bring ihn um" murmelte er und tappte zur Tür. Ich hörte Eddies nervige, dümmliche Stimme und vergrub mich unter der Decke.

„Was ist 'n hier los?" quakte Eddie und verrenkte den Kopf, um von der Tür aus einen Blick auf Radeks Bett zu erhaschen. Radek schob ihn sanft aus der Tür.

„Hier liegt ´ne Prinzessin" erklärte er. „Ich kann jetzt nicht."

„Wir brauchen Dope, Fredo wartet unten im Auto."

„Ich ruf dich an" erklärte Radek und schlug dem verdutzten Eddie die Tür vor der Nase zu. Dann kam er langsam zurück zum Bett und sah mich unsicher an.

„Wie geht´s dir?"

Ich lächelte ihn an.

„Ich hab 'n coolen Traum mit ganz viel Blau gehabt."

„Ich weiß" lachte er. „Ich konnte dich kaum aus dem Wasser kriegen. Du wolltest unbedingt bis in alle Ewigkeit weiterschwimmen."

Dann wurde er ernst.

„Gestern Nacht war ich der glücklichste Mensch der Welt, weißt du? Ich kenne mich mit Mädchen nicht aus und mit dir schon gar nicht, also… bist du jetzt sowas wie meine Freundin?"

Ich biss mir auf die Lippe, um nicht zu lachen. Das war süß.

„Ja, ich glaub schon."

„Krass. Darf ich dich echt behalten?"

Ich wollte nie jemandem gehören. Und plötzlich konnte ich mir nichts Besseres vorstellen, als mich mit Kopf, Herz und Seele zu verschenken.

Kapitel 10

Ich probierte Kleider vor dem Spiegel an, als Mina in mein Zimmer kam. Um mich herum türmte sich der Inhalt meines Kleiderschranks, ich hatte verdammt nochmal nichts zum Anziehen.

„Hey, was ist denn hier los?"

Ich umarmte sie.

„Mina, es war unbeschreiblich. Wie in einem amerikanischen Kitschfilm und alles war blau und ich bin so furchtbar, furchtbar verliebt, dass ich gleich platzen werde!"

„Verliebt? In wen denn diesmal?"

„Hörst du mir gar nicht zu? Von wem rede ich denn seit Wochen?"

Mina runzelte die Stirn.

„Radek? Scheiße, der ist doch total asexuell und ich dachte, ihr habt nur so 'ne komische esoterische Verbindung in imaginären Welten?"

„Ja, aber seit gestern ist alles anders. Wir waren im Schwimmbad, Radek und ich, nachts und heimlich… ach Mina, es war so romantisch!"

Ich war etwas irritiert darüber, dass sie sich nicht von meiner Begeisterung anstecken ließ. Meiner Meinung nach musste meine überschäumende Glückseligkeit die ganze Menschheit mit sich reißen. Aber Mina hob nur mit nachdenklicher

Miene ein paar Kleider hoch, ließ sie wieder fallen und hockte sich dann auf mein Bett.

„Sag mal…. was weißt du eigentlich über Radek?"

„Ach komm schon! Ich bin nicht so naiv, wie du denkst. Ich weiß, dass er 'ne Menge Probleme hat. Und ich weiß, dass er schon dreimal im Jugendknast war. Ich liebe ihn aber trotzdem. Vielleicht auch gerade deswegen, keine Ahnung."

„Liebe? Mal ehrlich Emma, du hast doch keine Ahnung von Liebe! Du hast einfach nur zu viele Gangster-Filme geguckt und außerdem hast du 'n beklopptes Helfersyndrom. Das ist keine gute Kombination. Von Josie mit ihren höheren Beziehungsebenen für psychisch gestörte Schönlinge fange ich gar nicht erst an, die spinnt ja noch mehr als du. Ich weiß selber nicht viel darüber, ich hab nur gehört, dass Radek, André und die Jungs in ein paar echt üble Geschichten verwickelt sind."

„Du gehst doch auch mit André ins Bett! Ein toller Moralapostel bist du!"

„Ich vögele hin und wieder mit André, weil er 'n knackigen Hintern hat. Mehr nicht. Ich renne nicht kopflos durch die Gegend, in meinem Gehirn läuft nicht nonstop *Bonnie & Clyde* mit mir in der Hauptrolle, ich schreie nicht in alle Himmelsrichtungen, wie furchtbar, furchtbar verliebt ich bin."

Ich fühlte mich ertappt und senkte beschämt den Kopf.

„Es ist nur… weißt du, was ich am liebsten gespielt habe, als ich klein war? Verlorene Kinder im Wald."

Mina sah mich irritiert an.

„Ihr spielt verlorene Kinder im Wald? Das finde ich jetzt echt pervers!"

„Nein!" Ich musste kichern bei der Vorstellung.

„Was ich sagen will ist, dass ich früher, als ich klein war, alles mit totaler Hingabe gemacht und die Welt mit anderen Augen gesehen habe. Der Garten war der Wald, der Geräteschuppen eine Hütte… Ich habe ganz normale Dinge zu etwas Besonderem gemacht, ihnen eine neue Bedeutung gegeben. Ich habe mitten im Alltag mein kleines Abenteuer aufgebaut."

Mina lächelte versöhnlich.

„Du bist ´ne kleine Träumerin. Vielleicht hast du echt mehr Phantasie, als die Realität kaputt machen kann."

„Weißt du, ich glaube mit Radek ist es genauso. Ich sehe etwas in ihm, das noch nie jemand gesehen hat. Da ist was Schönes und Besonderes in ihm drin. Aber wie soll er das denn rausholen, wenn es nie jemand sehen will?"

„Vielleicht interpretierst du mit deiner romantischen Ader aber auch nur irgendwas in ihn hinein, was gar nicht da ist."

„Freust du dich gar nicht für mich?"

Mina seufzte tief und kramte statt einer Antwort in ihrer Handtasche herum.

„Dunkelrot oder Lila?"

„Hä?"

„Sag bloß, du hast vergessen, dass du mir heute die Haare färben wolltest?"

Da saß sie mit den Farbfläschchen, hatte die ganze Ausrüstung mitgebracht und ich schlug schuldbewusst die Augen nieder.

„Ach Mina, liebste, beste Mina! Ich mach's wieder gut, okay? Radek holt mich gleich ab, ich muss mich noch schnell anziehen und finde nichts..."

Mina starrte mich ein paar Sekunden konzentriert an und ich wusste, dass sie innerlich bis zehn zählte, weil sie mir einmal verraten hatte, dass sie das immer tat, wenn sie die Fassung bewahren wollte. Dann lächelte sie und band sich ihren superschönen Nietengürtel von den Hüften.

„Ist okay. Guck mal, wenn du das Kleid hier mit dem Gürtel trägst, dann sieht das echt cool aus."

Ich schlief nicht mehr, ich aß nicht mehr, ich war

so überdreht glücklich, dass ich zuweilen an meinem Verstand zweifelte. Eine Woche verging, dann zwei, dann drei und ich war mit jedem Tag nur noch verliebter. Meine Freunde warteten währenddessen ganz offen darauf, dass ich die üblichen Anzeichen von Überdruss erkennen ließ. Besonders Olaf strich lauernd um mich herum.

„Du vögelst seit drei Wochen mit dem gleichen Kerl? Mann, bist du spießig geworden!" stichelte er jedes Mal, wenn wir uns sahen und ich immer noch den gleichen verklärten Gesichtsausdruck zur Schau trug. Ich zuckte nur gleichmütig mit den Schultern. Besoffen vor lauter Glück nahm ich alles, was nicht unmittelbar mit Radek zu tun hatte, nur schemenhaft wahr. Alles, was er tat, erschien mir anbetungswürdig. Wie er bei Regen nackt auf dem Balkon herumhüpfte. Wie er sich in teuren Cafés die besten Sachen von der Karte bestellte, genüsslich verzehrte und dann charmant lächelnd davon spazierte, ohne zu bezahlen. Wie er mich, wenn er glücklich war, an der Hand packte und mit mir losrannte, weil er sonst – wie er sagte – platzen müsste. Alles was er tat, tat er mit völliger Hingabe. Wenn ich ihn beobachtete, dachte ich oft, dass ich ihn genau dafür liebte. Radek war mein Phönix, der wusste, dass ihm nicht mehr viel Zeit zum Fliegen blieb.

Drei Wochen lang war ich das glücklichste Mädchen der Welt. Und dann kam die bescheuerte Party. Von mir aus hätten wir uns ewig vom Rest der Welt abkapseln können. Oder zumindest noch die nächsten fünf Jahre. Aber Radeks Freunde waren für ihn wie die Familie, die er nie gehabt hatte, er brauchte die Kontakte, um seine *Geschäfte* zu machen und ich wollte nicht die zickige, eifersüchtige Freundin sein, die ihn ganz für sich beanspruchte. Eddie hatte Geburtstag und Radek wollte mich endlich all seinen Freunden vorstellen. Minas und Andrés Romanze hatte nicht lange gehalten. André hatte Mina gebeichtet, dass er eigentlich eine feste Freundin hatte, nun aber auch in sie verliebt war und daher gern zwei Freundinnen hätte.

„Der spinnt ja total!" empörte sich Mina bei mir. „Ich muss jetzt ständig Angst davor haben, dass seine Furien-Freundin auf mich losgeht und er baut sich ´n kleinen Harem auf."

Mina hielt nichts von komplizierten Geschichten und beendete die Affäre resolut. Mit ihr an meiner Seite hätte ich nicht solche Panik vor Eddies Geburtstag gehabt.

Die Party war schon in vollem Gange, als wir ankamen. Laute Technomusik dröhnte aus dem

Keller und ich blieb unschlüssig in der Tür stehen. Mir war nicht wohl bei dem Gedanken, so ganz allein Radeks gesamter Clique ausgeliefert zu sein. Aus der tanzenden Masse löste sich eine Wasserstoffblondine mit Solariumbräune und stürzte sich quietschend auf Radek.

„Na, endlich, Schatzi! Wo steckst du denn die ganze Zeit?"

„Yvonne, das ist Emma."

Yvonne lachte meckernd und würdigte mich kaum eines Blickes.

„Ja, ja, die Prinzessin, Eddie hat uns schon Bescheid gesagt. Tanzt du mit mir?"

„Später, ok?"

Yvonne entfernte sich und fiel mit einem neuen Quietschen Eddie um den Hals, der ihr erfreut an den Hintern grabschte und sich auf die Tanzfläche ziehen ließ.

„Schatzi?" wiederholte ich spöttisch.

Radek lachte und drehte sich zu mir.

„Yvonne lässt nichts anbrennen. Aber wenn du sie erst mal richtig kennenlernst, magst du sie bestimmt total gern."

„Hm" grunzte ich und verspürte wenig Lust auf eine engere Kontaktaufnahme mit Yvonne.

„Lässt sie bei dir auch nichts anbrennen?"

„Du bist doch nicht eifersüchtig? Nee, wir sind nur gute Freunde."

Na klar, dachte ich. Frauen wie Yvonne sind immer nur gute Freunde und haben grundsätzlich nie irgendwelche Hintergedanken. Und plötzlich finden sie sich dann ganz spontan und unkompliziert im Bett ihres Kumpels wieder. Ich versuchte mir zu sagen, dass ich viel hübscher und um Welten intelligenter war, aber so richtig half das nicht. Radek lief gut gelaunt herum, begrüßte hier einen Kumpel, klopfte da einem anderen auf die Schultern und war völlig in seinem Element. Es war offensichtlich, dass er hier respektiert wurde, ja, sogar wichtig war. Ich war stolz auf ihn und fühlte mich gleichzeitig völlig überflüssig und deplatziert. Deshalb war ich richtig erleichtert, als plötzlich Holger vor mir stand. Er umarmte mich zur Begrüßung und schien sich wirklich darüber zu freuen, mich wiederzusehen. Anscheinend war die dramatische Trennungsszene schon in den Tiefen seines bekifften Gehirns verschwunden. Mir tat es gut, zwischen all den Freunden von Radek, die mich entweder ignorierten oder skeptisch musterten, wenigstens ein vertrautes und freundliches Gesicht zu sehen. Ich ließ mich also umarmen, tanzte mit Holger, trank ein Bier mit ihm, dann noch eins und folgte ihm schließlich nach draußen auf den Parkplatz, um einen Joint zu rauchen. Und dann wurde mir schlecht, richtig kotz-übel. Ich musste mich an Holger lehnen, der das begeistert als Aufforderung mich zu küssen interpretierte.

„Was machst du hier mit meiner Freundin?" Radek war plötzlich neben uns aufgetaucht.

Ich versuchte mühsam, mich aufzurichten.

„Mir ist übel geworden… ich glaube, ich gehe besser nach Hause."

„DEINE Freundin ist das jetzt? Das ist ja süß. Emma ist doch die Freundin von allen!" Holger lachte gehässig.

„Pass auf, was du sagst…." Radek machte einen drohenden Schritt auf ihn zu.

Ich wünschte mich weit, weit weg an irgendeinen friedlichen Ort mit einer sauberen Kloschüssel, wo ich mir in Ruhe die Seele aus dem Leib kotzen könnte. Holger ließ wieder sein meckerndes Lachen ertönen.

„Keine Sorge, ich hab sie schon gehabt. Jetzt bist du dran. Und danach irgendjemand anders. Vielleicht André? So ist das eben mit unserer kleinen Emma."

Holger entfernte sich seelenruhig mit seiner Bierflasche und ich hasste ihn abgrundtief. Radek schwieg. Ich wartete verzweifelt darauf, dass er irgendetwas sagen, sich zu mir setzen, mich in den Arm nehmen würde.

„Es tut mir leid" murmelte ich schließlich leise.

„Was tut dir leid? Dass du vor aller Augen mit diesem Depp rumflirtest und mich vor meinen Freunden blamierst? Braucht dir nicht leid tun, ist mir scheißegal!"

Radek trat seine Zigarette aus und stampfte länger darauf herum, als es nötig gewesen wäre. Ich fühlte mich entsetzlich. Und die Tatsache, dass er Recht hatte, machte alles noch schlimmer. Ich hätte ihm gern erklärt, wie verloren ich mich auf der Party gefühlt hatte, wie klein und mickrig und dass ich mich nur deswegen auf Holgers plumpe Anbaggerversuche eingelassen hatte. Vielleicht auch, um Radek ein bisschen eifersüchtig zu machen wegen der ätzenden Wasserstoffblondine. Bei dem Gedanken fühlte ich mich gleich noch schäbiger.

„Ich geh wieder rein" erklärte Radek schließlich. „Kommst du?"

„Nee, ich rufe mir 'n Taxi und fahre nach Hause... Mir geht's nicht gut."

„Okay, ich sage Eddie Bescheid und begleite dich."

„Nein, das ist schon okay. Deine Freunde warten doch auf dich. Viel Spaß noch!"

Ich versuchte, meine Stimme betont fröhlich klingen zu lassen. Fröhlich, großzügig und selbstbewusst – so wollte ich sein. So wie Mina an meiner Stelle gewesen wäre. Nicht kleinlich, eifersüchtig und verunsichert. Radek warf mir einen seltsamen Blick zu und rührte sich nicht von der Stelle. Also richtete ich mich mühsam auf und entfernte mich mit zittrigen Schritten. Im Taxi heulte ich den genervten Taxifahrer voll und fragte mich, warum ich immer alles noch komplizierter machen musste, als es ohnehin schon war.

Kapitel 11

Ich belagerte das Telefon. Bei jedem Klingeln schreckte ich zusammen. Wenn Josie anrief, wurde ich böse, weil sie mit ihrem belanglosen Geplauder die Leitung blockierte. Ich hasste mich und die Welt und wusste nichts mit mir anzufangen. Ruhelos tigerte ich durch die Wohnung, rauchte eine Zigarette nach der anderen, warf dem Telefon verzweifelte Blicke zu, rauchte weiter. Schließlich kam Josie zu Besuch.

„Können wir reden?"

„Nee, ich glaub nicht."

Josie ließ sich im Schneidersitz auf meinem Schreibtischstuhl nieder und warf mir einen herausfordernden Blick zu.

„Was ist eigentlich so toll an Radek?"

„Lass mich in Ruhe."

„Nein, ich lass dich nicht in Ruhe. Weil du meine Freundin bist, verdammt noch mal! Hörst du mir jetzt mal kurz zu?"

Ich seufzte genervt und setzte mich widerwillig ihr gegenüber auf die Fensterbank.

„Okay, ich weiß, dass du ihn nicht magst. Aber ich mag ihn. Gib ihm 'ne Chance! Bitte! Für mich!"

„Ja, du hast Recht, ich mag ihn nicht. Und ich verstehe nicht, was du an ihm findest. Ehrlich nicht. Er sieht nicht gut aus, er ist nicht intelligent, er ist nicht witzig. Ganz anders als Florian. Aber das ist noch nicht alles."

„Was denn noch?"

„Ich mag nicht, wie du bist, wenn du mit ihm zusammen bist. Und ich hab so 'ne Ahnung, dass er dir furchtbar wehtun wird."

Ich stand wütend auf und warf dabei den Aschenbecher um.

„Ah ja? Wie bin ich denn, wenn ich mit ihm zusammen bin?"

„Meine Güte, du bist nicht mehr du selbst! Du saugst jedes Wort von ihm auf, als wär's die höchste aller Weisheiten und lachst dich über jeden bescheuerten Spruch von ihm kaputt. Mann, der Typ macht dich total blöd."

Ich warf ihr einen eisigen Blick zu.

„Weißt du was? Dann kümmere dich ab jetzt einfach nicht mehr um deine blöde Freundin!"

Josie stand wortlos auf und knallte die Tür hinter sich zu. Kein Anruf von Radek und jetzt auch noch Josie, die mir so in den Rücken fiel. Ekelhafter Tag.

Fünf furchtbare Tage vergingen, in denen ich vor lauter Schmerz beinahe die Wände hochging. Ich hockte zu Hause, zog lustlos ein Buch nach dem anderen aus dem Regal und stellte es dann wieder zurück. Mir fehlte die Ruhe zum Lesen. Ich klimperte geistesabwesend auf meiner Gitarre herum in der Hoffnung, dass sich mein Schmerz in geballte Kreativität verwandeln könnte. Im Geiste sah ich mich unter Radeks Balkon stehen und herzzerreißend singen. Also, richtig herzzerreißend, nicht peinlich herzzerreißend. Dann würde er schon sehen, was er an mir hatte.

„Ich glaube, dieser Junge ist nicht gut für dich" insistierte meine Mutter, wenn sie hin und wieder in meine Zimmer schaute und mich zusammengekauert auf dem Bett vorfand. „Gibt´s denn an deiner Arbeit keine netten Jungs?"

„Ich will keine netten Jungs!" schrie ich dann, wütend über so viel Unverständnis. „Ich will keinen Sören oder Torbjörn, mit dem ich den ganzen Tag Ikea-Regale mit Holzpflöckchen aufbaue!"

Ich schrieb seitenlange Briefe, in denen ich Radek um Verzeihung bat. Dann zerriss ich die Briefe wieder. Ein bisschen Selbstachtung wollte ich mir bewahren. Am sechsten Morgen kam eine SMS von ihm: „Ich will dich nicht verlieren. Bitte komm."

Ich düste mit dem Rad zu seiner Wohnung, er öffnete die Tür und ich fiel ihm so stürmisch in die Arme, dass wir beinahe umkippten. Er hielt mich fest umklammert, roch nach Whisky und Zigarettenrauch und streichelte immer wieder über meine Haare. Wir vögelten, als wollten wir die letzten Tage nachholen und hatten immer noch kein Wort gewechselt. Mir war das egal, er war wieder bei mir und das war alles, was zählte. Ich kuschelte meinen Kopf in seine Armbeuge, aber Radek richtete sich auf und rückte ein Stück weg von mir.

„Wir müssen reden, Emma."

„Nein, müssen wir nicht. In letzter Zeit wollen alle irgendwas mit mir bereden und ich hab keinen Bock mehr darauf. Schweigen klappt besser."

Er zog die Augenbrauen hoch und schwieg.

„Worüber willst du denn reden?"

„Über das, was Holger gesagt hat. Das ist ja eh 'n Asi. Aber ich hatte erst eine Freundin vor dir und deswegen… Naja, meine Freunde haben gesagt, dass du einen nach dem anderen abschleppst. Ist ja deine Sache, was du machst, aber ich kann's mir nicht leisten, dass die Leute hinter meinem Rücken über mich lachen."

Ich setzte mich wütend auf und starrte ihn an.

„Entdeckst du jetzt deine kleine spießige Seele, oder was? Seit wann juckt es dich, was andere Leute über dich sagen?"

Er sah unbehaglich an mir vorbei.

„Ich wollte das ja nur mal ansprechen. Mit wie vielen Typen warst du denn vor mir zusammen?"

„Und du? Wie oft warst du schon im Knast?"

„Was soll das denn jetzt?"

„Das ist doch der gleiche Scheiß! Hab ich dich jemals danach gefragt? Nein, hab ich nicht! Weil's keine Rolle spielt. Weil du nicht dein polizeiliches Führungszeugnis bist, genauso wenig wie ich mich anhand der Anzahl meiner Ex-Lover beurteilen lasse. Alles, was du bist, ist hier bei mir, alles, was ich bin, ist hier bei dir…"

Ich wies mit einer ausladenden Handbewegung auf unsere nackten Körper.

„…und das ist alles, was zählt. Du und ich, hier, in diesem Augenblick, in unserem Mini-Universum. Keine Vergangenheit, nur Gegenwart."

„Und was ist mit der Zukunft? Wie lange, glaubst du, können wir so in unserem Mini-Universum leben und den Rest der Welt ausklammern?"

Ich schwieg, weil ich Tränen in mir aufsteigen spürte und nicht weinerlich klingen wollte.

„Emma?"

„Weiß ich doch auch nicht, verdammt! Wenn's nach mir ginge, bis in alle Ewigkeit."

Radek lächelte, endlich lächelte er.

„Ach Emma, meine Prinzessin, in was für einer Traumwelt lebst du denn?"

Und damit waren die unangenehmen Fragen erst einmal aufgeschoben, aber sie hinterließen einen bitteren Nachgeschmack. Im Grunde genommen war mir klar, dass er den wunden Punkt in unserer Beziehung aufgedeckt hatte. Die Sache mit der Zukunft. Wir hatten ganz einfach keine. Kein Happy End, keine Hochzeit in Weiß, keine Kinder, kein Haus mit Garten und Geruch nach frischgebackenem Kuchen. Das passte nicht. Früher oder später würde alles zusammenbrechen, das wussten wir beide. Aber musste man denn jetzt schon anfangen, über den Zusammenbruch in der Zukunft zu reden, wenn man stattdessen jeden Glücksmoment in der Gegenwart genießen konnte? Nein, musste man nicht, entschied ich. Nicht, wenn man mit Feuer und Leidenschaft leben wollte.

Kapitel 12

Ich versuchte Radek festzuhalten, so lange es eben ging. Ich hätte ihn gern gemalt, wenn ich nur einen Bruchteil von Josies Talent gehabt hätte. Stattdessen machte ich Fotos von ihm. In Farbe, in Schwarzweiß, verschiedene Posen, Schnappschüsse, Porträts, Ganzkörperaufnahmen, immer wieder Radek. Am Anfang fand er das seltsam.

„Fotos? Von mir? Von mir hat noch nie jemand Fotos gemacht."

Aber als er schließlich durch den Stapel Fotos blätterte, wirkte er richtig stolz auf sich. Ich glaube, er hatte sich selbst noch nie so gesehen. Er war immer der schweigsame Typ gewesen, der sich nicht für Mädchen interessierte, während André und Dylan-Thorsten auf Eroberungstour gingen und Eddie sich gierig auf die Reste stürzte, die davon übrig blieben. Meine Fotos fingen seine kantige, ungezähmte Schönheit ein und selbst Josie nickte anerkennend, als ich ihr die Bilder zeigte.

„Ich glaube, du hast wirklich was in ihm entdeckt, was noch nie jemand vorher gesehen hat" murmelte sie nachdenklich.

Damit schlossen wir wortlos eine Art Waffenstillstand. Josie versuchte nicht länger, mir Radek auszureden und ich nahm mir wieder mehr Zeit für sie. Wir fuhren wie in der Zeit vor Radek zusammen zum See, saßen abends auf dem Dachvorsprung vor ihrem Fenster, rauchten und teilten unsere geheimsten Gedanken, als ob nie etwas geschehen wäre. Einmal drückte sie mir wortlos einen kleinen Zettel in die Hand. *You are the best friend that I ever had and I will never find another one like you when you are gone* stand da. Ich war gerührt. Das war gar nicht Josies Art, ich war doch die Sentimentale von uns beiden.

„Warum meinst du, dass ich gehe?"

„Weiß nicht. Ist so eine traurige Ahnung, dass du bald weg sein wirst."

„Ach, du immer mit deinen Ahnungen! Ich gehe nirgendwohin ohne dich."

„Versprochen?"

„Na klar. Du und ich, wir bleiben zusammen, bis wir Omas sind und im See randalieren, hast du das vergessen?"

Sie lachte ihr wunderschönes, prustendes Lachen.

Dann wurde Josie von einem ganz neuen Elan gepackt.

„Du hattest Recht, wir müssen weg von hier" verkündete sie entschieden.

„Gab's Stress mit Florian?"

„Nee. Immer noch der gleiche Mist. Ich drehe einfach durch in diesem kleinen Kaff."

Wir begannen nach Städten zu suchen, in denen wir zusammen studieren konnten. Josie wollte Grafikdesign studieren, ich hatte mich für Übersetzen entschieden. Nach langem Hadern mit mir selbst hatte ich eingesehen, dass ich ja von irgendetwas leben musste und dass die meisten Schriftsteller erst berühmt wurden, wenn sie uralt waren. Oder tot. Das dauerte zu lange. Und da ich Wörter liebte, die ganze Welt sehen und mir ein Maximum an Freiheit bewahren wollte, erschien mir Übersetzen als fairer Kompromiss zwischen Wunsch und Wirklichkeit. Unsere Wahl fiel auf Köln. Das klang nach großer Stadt und lauter coolen Leuten, nach einem neuen, aufregenden Leben. Als ich den Brief mit der Zusage der Fachhochschule bekam, rannte ich sofort zu Josie nach Hause und fiel ihr um den Hals. Sie war ziemlich niedergeschlagen. Im Gegensatz zu mir musste sie eine ganze Mappe mit Bildern einreichen, um sich um einen Studienplatz zu bewerben und sie hatte furchtbare Angst davor, nicht gut genug zu sein.

„Mir fällt rein gar nichts ein" klagte sie weinerlich. "Meine Bilder sehen doch alle nach Kleinmädchen-Gepinsel aus. Der reinste Ponyhof!"

„Das stimmt nicht! Das hier ist toll und das auch..." entgegnete ich entschieden und blätterte mit kritischem Blick durch ihre Bilder.

„Ja, aber ich will was malen, was die Leute richtig berührt!"

In meiner Begeisterung ließ ich mich durch nichts und niemanden bremsen. Ich durchforstete Wohnungsanzeigen, richtete in Gedanken unsere gemeinsame Wohnung ein, überlegte mir Nebenjobs für uns, rechnete aus, wie viel Geld wir brauchen würden. Meine Eltern freuten sich mit mir. Ehrlich gesagt glaube ich, dass sie in erster Linie erleichtert darüber waren, dass ich nun doch etwas halbwegs Bodenständiges mit meinem Leben anfangen würde. Der einzige dunkle Punkt in all dieser Euphorie war Radek.

„Komm doch mit!" hatte ich wieder und wieder versucht, ihn zu überzeugen.

„Was soll ich denn in Köln? Ich muss hier sein, bei meinen Kumpels."

„Vielleicht ist ein Neuanfang in einer anderen Stadt genau das, was du brauchst!"

An manchen Tagen ließ er sich von meinem Elan anstecken, sprach sogar davon, dass er per Abendschule einen Schulabschluss machen und vielleicht später auch studieren würde. Dann waren wir richtig glücklich und träumten uns unser gemeinsames Leben zurecht. An anderen Tagen ging ich ihm mit meinen Plänen nur auf die Nerven.

„Siehst du nicht, wie gut meine Geschäfte laufen? Mein Platz ist hier!"

„Willst du nichts anderes vom Leben, als ´n Kleinstadtdealer zu sein?"

„Du hörst dich an wie meine Mutter, wenn ich noch eine hätte."

Josie erzählte ich nichts von meinen Versuchen, Radek mit in unser gemeinsames Leben nach Köln zu nehmen. Ich wusste, dass sie an die Decke gehen würde. Aber ich vertraute in blindem Optimismus darauf, dass sich schon alles von selbst regeln würde und sah uns in meinen Tagträumen zu dritt in der Küche mit einer Flasche Wein sitzen und einträchtig Pizza aus Kartons mampfen. Kölner Pizzakartons.

Kapitel 13

Josies künstlerische Inspiration kehrte mit geballter Kraft zurück.

„Ich bin so kreativ wie noch nie!" verkündete sie mir am Telefon. „Ich glaube, ich kann die ganze verdammte Bewerbungsmappe in ein paar Nächten vollmalen!"

Sie wollte allein sein in ihrem kreativen Rausch. Es solle eine Überraschung werden, hatte sie gesagt. Ganze zwei Wochen vergingen, in denen ich nichts von ihr hörte. Als ich sie schließlich anrief, redete sie aufgekratzt ohne Punkt und Komma und erklärte, dass sie in den vergangen Wochen kaum geschlafen habe.

„Ich wollte nur hören, ob´s dir gut geht" warf ich zaghaft ein, als sie eine kurze Pause machte, um Luft zu holen.

„Total genial, ich bin die Größte! Aber ich kann jetzt nicht telefonieren, ich muss weitermalen!"

„Sehen wir uns denn bald mal?"

„Ja, klar. Ich rufe dich an."

Es verging eine weitere Woche, ohne dass ich etwas von Josie hörte. Das war seltsam. Normalerweise quatschten wir jeden Tag miteinander. Selbst zu Schulzeiten, wenn wir uns bereits den ganzen Vormittag gesehen hatten, telefonierten wir gegen Abend noch einmal. Wir fanden immer etwas Interessantes, worüber wir reden konnten. Ich besuchte sie spontan und holte in der Bäckerei um die Ecke ihren Lieblingskuchen, Kirschkuchen mit Streuseln. Josies Mutter öffnete mir die Tür und lächelte mich erleichtert an.

„Ein Glück, dass du kommst!" rief sie. „Schau mal, ob du mit ihr reden kannst. Josie hockt seit Tagen nur noch in ihrem Zimmer und malt und kommt noch nicht einmal mehr zum Essen."

Aus Josies Zimmer drang hämmernde Musik. Irgendein stressiger Hardcore-Kram. Ihre Mutter verdrehte die Augen.

„Und dann diese Musik! Das läuft die ganze Zeit bis spät in die Nacht und geht frühmorgens wieder los. Ich weiß nicht mehr, was ich machen soll!"

Ich nickte ihr verständnisvoll zu und schlüpfte in Josies Zimmer. Sie bemerkte mich erst gar nicht und tigerte rastlos mit einer Zigarette in der Hand umher. Ich beobachtete sie und fühlte mich wie ein Eindringling, obwohl dies doch mein zweites Zuhause war. Aber Josie kam mir plötzlich fremd vor. Sie sah dünner aus, als ich sie in Erinnerung hatte. Dann bemerkte sie mich und lächelte.

„Hey Emma! Mit dir habe ich gar nicht gerechnet!"

„Du hast dich ja nicht gemeldet" erwiderte ich vorwurfsvoll, aber sie ging überhaupt nicht darauf ein. Als ob sie meine Anwesenheit schon wieder vergessen hätte, wandte sie mir den Rücken zu und lief weiter kreuz und quer durch ihr Zimmer.

„Wie läuft's denn mit deinen Bildern?" brüllte ich gegen die Musik an.

Josie sah mich fragend und verwirrt an.

„Deine Bilder!!!" brüllte ich noch einmal.

Josie zuckte die Achseln und warf mir einen Stapel Blätter entgegen. Ich blätterte langsam durch ihre Bilder. Das Motiv war überall das Gleiche: Ich, lächelnd, mit einem Regenschirm in der Hand auf einem Baum sitzend. Am Fuß des Baumes Josie, durchnässt und zusammengekauert. Was sollte das? Josie hatte die Musik endlich ausgestellt und suchte nach einer neuen CD. Es war still im Zimmer und ich wusste nicht, was ich sagen sollte.

„Sind das die Bilder für die Uni?" fragte ich schließlich.

„Ja. Oder auch nicht. Keine Ahnung." Sie lachte und schien sich nicht weiter für das Thema zu interessieren. Woher kam diese Gleichgültigkeit, nachdem sie wochenlang wie besessen gemalt hatte? Sie wollte noch nicht einmal wissen, ob mir die Bilder gefielen.

„Warum habe ich einen Regenschirm und du nicht?"

„Weil du eine spezielle Aura hast, die dich vor allem beschützt und ich nicht" erklärte sie sanft, als ob es sich um das normalste der Welt handelte. Dann drehte sie die Musik wieder auf volle Lautstärke und beachtete mich und die Bilder nicht weiter. Ich hatte einen Kloß im Hals. Die Bilder waren auf ihre Art schön, zweifellos. So wie alles schön war, was Josie vollbrachte. Aber sie machten mir Angst.

Nach meinem Besuch hörte ich wieder tagelang nichts von ihr und schließlich rief ich sie an. Vielleicht war sie böse, weil ich mich nicht begeistert genug gezeigt hatte oder beleidigt, weil ich ihre Bilder nicht verstanden hatte. Auch wenn sie so gleichgültig gewirkt hatte - Josie konnte ziemlich sensibel sein, wenn es um ihre Kunst ging.

„Ich glaube, die Josie hat eine Psychose" erklärte ihre Mutter mit zittriger Stimme am Telefon und ich spürte wieder den gleichen Kloß im Hals. Aber dann nahm Josie den Hörer und war genauso wie immer: Aufgedreht, fröhlich, mitreißend. Meine Josie, meine Prinzessin, Mittelpunkt meines Universums. Wir verabredeten uns für den Abend bei mir zu Hause. Ich brannte darauf, ihr meine Pläne für unser neues Leben vorzustellen. Vielleicht muss sie einfach nur weg von hier, dachte ich. Aber Josie kam und kam nicht. Ich wusste nicht, was ich tun sollte. Bei ihr zu Hause anrufen wollte ich nicht, wegen dem, was ihre Mutter von Psychose und so gesagt hatte. Also wartete ich einfach weiter und fühlte mich immer unbehaglicher. Kurz vor Mitternacht klingelte es. Schwer atmend stand Josie vor der Tür, einen großen Koffer in der Hand. Ich starrte sie an.

„Was ist passiert?"

„Ich muss mich verstecken. Wir müssen heute Nacht wegfahren, es darf niemand wissen, wo ich bin" keuchte sie.

„Was redest du denn da?"

Sie kicherte und mir lief eine Gänsehaut über den Rücken. Das war nicht meine Josie. Ich hatte sie betrunken und bekifft erlebt, wir hatten uns gegenseitig beim Kotzen die Haare aus dem Gesicht gehalten und ich war einiges gewohnt. Aber so hatte ich sie noch nie gesehen. Ihr Gesicht war gerötet, von ihrer Stirn kullerten Schweißperlen und ihr Atem ging so schnell, als wäre sie kilometerweit mit dem Koffer gerannt.

„Wohin fahren wir denn?" fragte ich, um Zeit zu gewinnen und um überhaupt irgendetwas zu sagen.

„Ich muss mich verstecken" wiederholte sie noch einmal. „Und du auch, es darf niemand wissen, dass wir auf den Bildern sind!"

Sie öffnete den Koffer und ließ den Inhalt, alle Bilder für die Bewerbungsmappe, auf den Boden segeln. Beziehungsweise das, was davon übrig geblieben war, denn sie hatte auf allen Bildern unsere Gesichter herausgeschnitten. Es war gruselig. Ich wusste nicht, was ich tun sollte, hin- und hergerissen zwischen meiner bedingungslosen Loyalität zu ihr und dem Gefühl, völlig überfordert mit der Situation zu sein. Schließlich packte ich sie an der Hand, schnappte mir den Koffer und zog sie schnell aus der Haustür, bevor meine Eltern irgendetwas mitbekommen konnten. Es dauerte eine Ewigkeit, bis ein freies Taxi hielt und dann weigerte Josie sich beharrlich, in das Taxi einzusteigen.

„Josie, bitte, ich muss dich nach Hause bringen. Dir geht's nicht gut" flehte ich sie an.

Aber sie kicherte nur, wieder dieses gruselige, merkwürdige Kichern und rannte vor mir davon, immer im Kreis um das Taxi herum, wie ein wahnsinniges kleines Mädchen beim Spielen.

„Dann fang mich doch" rief sie dabei.

Irgendwann verlor der Taxifahrer die Geduld.

„Was ist nun, fahren wir mal los oder nicht?"

Ich gab auf, bezahlte ihn für die Zeit, die er dort

gewartet und unserem sinnlosen Spielchen zugesehen hatte und blieb allein mit Josie und ihrem Koffer in der Nacht zurück. Sie sah nach der ganzen Aktion völlig erledigt aus und die Augen fielen ihr beinahe zu.

„Na komm, gehen wir einen Moment zu mir und ruhen uns aus" sagte ich schließlich. Sie war viel zu erschöpft, um weiteren Widerstand zu leisten und ließ sich folgsam mitziehen. Als ich so leise wie möglich die Haustür aufschloss, empfingen meine Eltern uns schon im Flur, im Schlafanzug und mit grimmigen Mienen.

„Was ist hier los?" donnerte mein Vater mit seiner Autoritätsperson-Stimme, die er nur zu speziellen Anlässen hervorkramte.

Josie trottete apathisch in mein Zimmer und ließ sich aufs Bett fallen und ich fing an zu heulen. Wie zur Hölle sollte ich die Situation erklären, wenn ich doch selber nicht verstand, was passiert war? Ich versuchte die paar Dinge in Worte zu fassen, die ich wusste: Das mit der Psychose, Josies merkwürdiges Verhalten, mein Versuch, sie nach Hause zu bringen.

„Was habt ihr euch dabei gedacht?" kam es prompt von elterlicher Seite. Das war ja wohl der beklopteste Vorwurf überhaupt. Aber mit dem Rücken zur Wand lässt sich schwer darüber

streiten, wie wahrscheinlich oder unwahrschein-
lich es ist, dass man sich bei einer Psychose überhaupt irgendetwas denkt. Schließlich stiegen wir
ins Auto, mein Vater, Josie und ich, um sie nach
Hause zu bringen.

Mein Vater sagte kein Wort, während er den Wagen durch die nachtleeren Straßen lenkte, aber
an seinen zusammengezogenen Augenbrauen
und der steilen Falte auf der Stirn sah ich, dass
mich noch ein langer, moralischer Vortrag erwartete. Mir war das egal. Mir war alles egal, ich
war leer, klein, verloren. Josie hatte mir Kraft gegeben, mir den Rücken gestärkt, mich nahezu
unverwundbar gemacht. Mit ihr an meiner Seite
war alles möglich, alles denkbar gewesen und
kein Luftschloss schien zu groß, kein Traum zu
weit weg für uns zu sein. Mit ihr war ich etwas
Besonderes gewesen, allein durch die Tatsache,
dass ich ihre Freundin war. Und während ich un-
aufhörlich über ihre Haare streichelte, wurde
mir mit aller Gewalt klar, dass unsere Gedanken
nicht mehr auf geheimnisvolle Weise miteinander verknüpft waren, sondern dass sie plötzlich
unerreichbar weit weg von mir durch ein Labyrinth irrte, dass ich mir nicht einmal ansatzweise
vorstellen konnte. Von nun an würden wir als
zwei verlorene Teilchen allein durch das Univer-

sum taumeln. Allein. Früher hatte ich immer gedacht, dass ich es mochte, allein zu sein. Aber
richtig allein sein ist etwas ganz anderes. Das tut
einfach nur weh.

Kapitel 14

Ich hatte noch nie eine Psychiatrie gesehen. Noll-Krankenhaus, stand auf dem Eingangsschild. Das helle, freundliche Haus, das von einem großen Park mit schönen alten Bäumen umgeben war, sah nicht aus wie ein Ort, an dem Menschen mit düsteren Wahnvorstellungen lebten. Und das machte es beinahe noch gruseliger. So als ob gar nichts mehr in meiner Welt stimmte. Als ob ich in eine verlogene Schein-Welt geraten war, in der man mir weismachen wollte, dass Klapsmühlen hübsche Feriendomizile seien und eine Psychose eine kleine Lappalie.

„Sieht doch nett aus hier" erklärte Radek prompt und ich warf ihm einen strafenden Blick zu.

„Was ist denn?"

„Nichts. Du kapierst das nicht."

„Na klar. Ich kapiere ja nie was."

Ich hatte mich nicht getraut, allein zu kommen. Ich traute meiner Wahrnehmung nicht mehr, die bisher völlig abhängig davon gewesen war, was Josie für gut und für schlecht hielt. Jetzt, wo sie ganz offensichtlich durchgeknallt war, geriet das fragile Gleichgewicht meiner Welt aus den Fugen und ich wusste nicht mehr, was ich von der Realität zu halten hatte. Die Freundschaft mit Josie war wie eine Berechtigung gewesen, sich über alle Regeln und Normen hinweg zu setzen, die für den Rest der Normalsterblichen galten. Sich ganz allein gegen die normale Welt zu stellen, fühlte sich nicht mehr abenteuerlich, sondern nur noch versagermäßig an.

Josie saß hinter der Glastür beim Eingang auf einem Tisch und kritzelte auf einem Blatt Papier herum. Sie schaute kaum auf, als ich auf sie zuging und mein Versuch, sie zu umarmen, blieb als linkische Bewegung in der Luft hängen. Ich fragte mich unbehaglich, worüber man mit jemandem sprechen konnte, der eine Psychose hatte. „Wie geht's dir?" kam mir ziemlich unpassend vor. Ich tat vermutlich das Dümmste, was man in der Situation tun kann: Ich tat so, als ob gar nichts los wäre. Aber meine Stimme spielte nicht mit. Ekelhaft schrill und künstlich klang sie. Ich konnte mich selbst nicht leiden, als ich mich so sinnlos herumplappern hörte und fragte mich, ob es besser gewesen wäre, ohne Radek zu kommen. Josie hörte teilnahmslos zu, wie ich verkrampft Small Talk mit mir selbst machte und wandte sich dann an Radek.

„Hast du 'ne Zigarette für mich?"

Und als er ihr die Schachtel hinhielt, steckte sie gleich die ganze Schachtel ein.

„Meine Freunde wollen auch Zigaretten" erklärte sie dem verdutzt schauenden Radek.
Und dann sagte sie nichts mehr, sondern kritzelte weiter auf ihrem Blatt Papier herum. Ich war beinahe erleichtert, als Josie von der Krankenschwester zum Essen gerufen wurde. Aber als sie dann lostrottete, ohne sich noch einmal nach mir umzudrehen, krampfte sich mein Herz zusammen. Ich starrte ihr stumm hinterher, während es in mir drin laut schrie. Ich fühlte mich wie versteinert. Radek streckte sich.
„Na siehst du, ist doch alles halb so wild!"
„Hm."
„Oder nicht?"
„Ich mag jetzt nicht reden."
„Hat's dir denn geholfen, dass du sie gesehen hast? Weil, wenn nicht, dann lass es doch besser."
Auf dem Rückweg schwieg ich die meiste Zeit und blickte mit dem Kopf an Radeks Schulter gelehnt aus dem Busfenster. Es kam mir komisch vor, dass die Welt genauso aussah wie vorher, obwohl doch nichts, aber auch gar nichts mehr gleich war.

Später kamen Radeks Freunde vorbei und gingen mir noch mehr auf die Nerven als üblich. Die ewig gleichen Witzchen, das endlose, stumpfsinnige Blaba, ich ertrug sie einfach nicht. Ich hatte Radek gebeten, niemandem von Josies Psychose zu erzählen, aber natürlich hatte er seine Klappe nicht halten können. Er und seine Freunde, das war doch eine Familie. Es war zum Kotzen. Ich drehte mir einen Joint nach dem anderen, sprach mit niemandem, saß allein mit meinem Walkman auf der Fensterbank und hörte *Velvet Underground*. Ich dachte daran, wie Josie mich damit aufgezogen hatte, dass ich nur Musik aus den 60ern und 70ern mochte. Wie wir zusammen auf dem Dachvorsprung vor ihrem Fenster gesessen und auf unseren Gitarren geklimpert hatten. Wie wir Käsetoast-Wettessen veranstaltet hatten, bis uns schlecht wurde. Wie wir uns einmal zusammen die Haare rot tönen wollten und danach entsetzt mit flamingorosa (ich) beziehungsweise apricotfarbenen Haaren (Josie) vor dem Badezimmerspiegel standen und zwischen Lachen und Weinen schwankten. Die Erinnerung an die apricotfarbene Josie ließ meine Versteinerung bröckeln. Erst flossen die Tränen leise und unauffällig, dann schluchzte ich immer lauter, bis schließlich sogar Radek und seine Freunde trotz dröhnendem Techno-Gewummer und gebrüllten Witzchen auf mich aufmerksam wurden. Ich sah ihre irritierten Gesichter, erkannte an ihren

Mundbewegungen, dass sie wohl mit mir sprachen, aber ich hatte keine Lust, die Kopfhörer ab-
zunehmen. Mit meiner Musik fühlte ich mich
wie in einem Aquarium hinter einer sicheren
Glaswand und da wollte ich auch bleiben. Radek
bugsierte seine Freunde hinaus und setzte sich
schweigend neben mich. Er kramte wie üblich
seinen Beutel Koks heraus und begann, ein paar
Lines auf dem Spiegel zurecht zu schieben. Ich
nahm die Kopfhörer ab.

„Darf ich auch?"

„Na klar."

Und als das Kokain köstlich bitter meinen Rachen hinunterlief, beschloss ich, ein neuer
Mensch zu werden. Die verträumte, sensible
Emma würde ich abwerfen wie ein Schmetterling, der seinen alten Kokon abstreift. Irgendwann wächst man aus den alten Träumen heraus,
dachte ich. Und fühlte mich illusionslos, abge-
klärt... erwachsen.

Kapitel 15

Als ich Josie das nächste Mal in der Psychiatrie besuchte, saß ein schwarzhaariges, ständig kicherndes Mädchen neben ihr im Besucherraum.

„Rita ist meine beste Freundin hier, wir sind im gleichen Zimmer" erklärte Josie und Rita kicherte dazu.

Ich konnte sie auf Anhieb nicht leiden. Abgesehen davon, dass sie einen total durchgeknallten Eindruck machte, sich ungefragt Zigaretten aus meiner Schachtel nahm und beim Rauchen einen ekelhaften Speichelfaden zwischen ihren dunkelrot geschminkten Lippen und der Zigarette spann, konnte ich sie allein schon deshalb nicht leiden, weil sie verdammt nochmal nicht das Recht hatte, die beste Freundin meiner besten Freundin zu sein. Nach nicht einmal einer halben Stunde Besuchszeit, die wir mit mühsamer Unterhaltung und viel häufigeren Schweigepausen, in denen wir krampfhaft an unseren Zigaretten zogen, verbracht hatten, stand Josie auf.

„Rita und ich müssen los, wir wollen uns noch schön machen." Rita sprang begeistert auf, als ob man ihr einen Hundeknochen versprochen hätte.

„Wieso denn schön machen?" fragte ich verwirrt.

„Ach, wir stylen uns hier abends immer richtig auf und dann tanzen wir auf dem Flur herum und die Typen stehen alle total auf uns" erklärte Josie wichtigtuerisch und Rita kicherte wieder.

Wir verabschiedeten uns nicht einmal. Josie und Rita hopsten von dannen und ich blieb wie ein Idiot in dem völlig verrauchten Besucherraum sitzen. Der Zigarettenqualm brannte in den Augen. Und alles andere auch. Ich rief Josie noch ein paarmal an. Aber entweder sie ließ mir durch einen der Betreuer ausrichten, dass sie gerade keine Zeit hatte oder sie erzählte mir am Telefon fünf Minuten lang von ihrem anscheinend furchtbar aufregenden neuen Leben in der Psychiatrie und wenn ich dann lange genug geduldig zugehört hatte und auch einmal etwas sagen wollte, verabschiedete sie sich schon wieder. Schließlich verzichtete ich auf meine Anrufe. Soll sie sich doch melden, wenn ich ihr wichtig bin, dachte ich trotzig. Aber sie rief nie an.

„Das liegt an der Psychose, nimm es nicht persönlich" versuchte ihre Mutter mich zu trösten, als wir uns einmal zufällig im Bus trafen. Ich war mir da nicht so sicher.

Ich zog von zu Hause aus. Nicht nach Köln. Die Zusage der Fachhochschule zerriss ich in viele kleine Fetzen und verbrannte sie im Aschenbecher. Meine Eltern schüttelten wie so oft den Kopf über mich.

„Du musst doch irgendwas mit deinem Leben anfangen!" insistierte meine Mutter verzweifelt. Um sie zu beruhigen, schrieb ich mich an der Uni für Betriebswirtschaft ein. Betriebswirtschaft interessierte mich zwar nicht im Geringsten, aber die Wahl kam mir ziemlich erwachsen vor. Die Zeit der Träume war vorbei. Ich fand ein günstiges Zimmer in einer Wohngemeinschaft. Die schimmelige Blümchentapete blätterte schon von den Wänden ab und der Teppich war voller Flecken. Mein Mitbewohner hieß Rüdiger, trug einen Vollbart und war mindestens vierzig. Auf jeden Fall uralt. Er studierte Archäologie, nachdem er vorher schon Pädagogik, Musikwissenschaft und Philosophie angefangen hatte.

„Das Arbeitsleben fängt mich schon früh genug ein" hatte er beim Besichtigungstermin verschwörerisch gewitzelt. Ich lachte gezwungen und fühlte mich von einer Welle der Trostlosigkeit überrollt.

Olaf, Ingo und Mina halfen mir beim Umzug. Radek hatte keine Zeit gehabt.

„Bist du sicher, dass du's hier aushältst?" fragte Mina besorgt.

„Och, das passt schon. Hier sieht's so aus, wie ich mich innendrin fühle" versuchte ich zu scherzen, aber es klang ziemlich verzagt.

„Ach Emma, du bist nicht mehr du selbst in letzter Zeit..." Olaf streichelte mir mit unglücklichem Gesichtsausdruck über die Wange.

Ich lächelte gequält. Ich selbst zu sein hatte mir bisher nur Probleme bereitet. Aber ich spürte trotzdem einen Kloß im Hals, wenn ich an die frühere, naive Emma erinnert wurde. Meine alten Freunde schienen die neue, erwachsene Emma nicht sehen zu wollen. Vielleicht würde mir etwas Abstand gut tun. Radek war das nur Recht.

„Was hängst du immer mit diesen Freaks rum? Das sind doch voll die Loser!" hatte er jedes Mal genörgelt, wenn er mich von einem Treffen mit Olaf und den anderen abgeholt hatte.

„Aber Mina mochtest du doch früher" wagte ich einmal einzuwenden.

„Mina ist ´ne Schlampe. Die fickt mit jedem und hat ´n schlechten Einfluss auf dich."

Ich traute mich nicht, ihm zu widersprechen. Die Beziehung zu Radek hatte sich verändert, seit Josie nicht mehr da war, um meine Welt im Gleichgewicht zu halten. Früher hatte ich ihn gewollt, jetzt brauchte ich ihn – das war ein großer Unterschied. Und Radek merkte das auch. Ich glaube, er sah in Josies Psychose die Bestätigung dafür, dass die ganzen Träumereien, die mir durch den Kopf schwirrten, nur dazu führten, dass man früher oder später verrückt wurde. Er sprach nie wieder davon, dass er zur Schule gehen, geschweige denn studieren wollte. Ich auch nicht. Wir redeten sowieso nicht mehr allzu häufig miteinander, weil seine Kumpels immer öfter von morgens bis spätabends auf seinem Sofa hockten, Joints rauchten, Lines zogen und Bier tranken. Nachts schlief Radek schnarchend und betrunken neben mir, während ich mit brennenden, übernächtigten Augen in die Dunkelheit starrte. Nach dem Aufstehen zog Radek seine erste Line Koks, so wie andere Menschen ihren Kaffee trinken. Kurz danach folgte das erste Bier und so ging es den ganzen Tag weiter. Seine Freunde tauchten im Laufe des Vormittags auf und nisteten sich hartnäckig für den Rest des Tages in seiner Wohnung ein. Radek schien das nicht zu stören. Ganz im Gegenteil. Ich hatte den Eindruck, dass er erleichtert über die Anwesenheit von Eddie und seinem Gefolge war, als ob sie eine Art Schutzwall zwischen ihm und mir bildeten. Ich hatte immer häufiger das Gefühl, dass ich ihm lästig war. Ich stand ihm im Weg, erinnerte ihn mit meiner melancholischen Stimmung an den sanften, liebenswürdigen Radek, der noch irgendwo in ihm steckte, aber von dem er nichts mehr wissen wollte. In Radeks Welt war kein Platz für Gefühlsduseleien, er konnte es sich nicht leisten, dass die Leute den Respekt vor ihm verloren. Es tat mir weh, ihm dabei zuzusehen, wie er sich von mir entfernte. Wie er sich immer weiter von seinen guten Seiten entfernte und von den Träumen, die wir gemeinsam in unseren früheren schlaflosen Nächten geschmiedet hatten. Wenn ich ihn nun dabei beobachtete, wie er mit seinen Kumpels und mit Yvonne, die für meinen Geschmack viel zu häufig zu Besuch kam, darum wetteiferte, wer wie viele Autos geknackt hatte oder wer wen unter den Tisch trinken konnte, fragte ich mich, warum mein Herz immer noch an diesem mir völlig fremden Kerl hing. Jeden Tag saß ich so schweigend neben ihm, stundenlang. Wenn er überhaupt noch mit mir sprach, schnauzte er mich an, weil wir keine Zigaretten mehr hatten, weil meine Klamotten herumlagen, weil ich nachts häufig weinte.

Kapitel 16

Radek wurde immer unruhiger und gereizter. Ich schluckte das alles schweigend und unterwürfig, weil ich sonst niemanden mehr hatte, an dem ich mich hätte festhalten können. Aber als er eines Nachts, wir wollten gerade schlafen gehen, plötzlich aufsprang und fluchend eine Bierflasche gegen die Wand warf, hielt ich es nicht mehr aus.

„Was zum Teufel ist los mit dir?"

„Nichts. Nerv mich nicht."

„Doch. Irgendwas stimmt nicht."

So ging es noch eine Weile hin und her, bis er mit der Sprache herausrückte. Er schuldete Fabio, seinem Dealer, Geld. Richtig viel Geld. Von den vielen Säckchen Pillen, die er verkaufen sollte, war nur ein Bruchteil zu Geld geworden. Die anderen hatte er mit seinen Freunden selbst geschluckt. Fabio hatte ihm einen Monat Zeit gegeben, um das Geld aufzutreiben, sonst...

„Sonst was?"

„Sonst schlägt er mich zusammen, bringt mich um, was weiß ich."

„Warum hast du mir vorher nichts gesagt?"

„Halt dich da raus, Emma. Das ist nicht deine Welt."

„Aber DU bist meine Welt und ich will doch nur..."

„Verdammt noch mal, hör endlich auf! Du hast doch keine Ahnung. In deiner Welt ist alles hübsch und sauber und ordentlich und ausgerechnet du willst mir helfen?"

Radek war aufgesprungen und stand schreiend und wild gestikulierend vor mir. Ich sah zu Boden und schwieg.

„Tut mir leid" sagte er schließlich etwas ruhiger und sah mich zum ersten Mal seit langer Zeit wieder richtig an.

„Es hat so toll angefangen mit uns beiden, es war alles so perfekt. Und auf einmal kommt mein Scheißleben dazwischen und alles fährt zur Hölle."

Ich fühlte mich plötzlich ganz ruhig.

„Wir hauen ab" erklärte ich ihm. „Hier haben wir keine Zukunft mehr, wir müssen weg."

„Wir hatten sowieso nie ´ne Zukunft, das ist doch Bullshit!"

„Ist es nicht. Ich habe noch ein bisschen Geld von meinem Sommerjob. Davon kaufen wir Zugtickets. Und dann suchen wir uns irgendwo Arbeit."

Radek lachte bitter.

„Arbeit? Und als was? Ich kann Autos knacken und du Geschichten erzählen. Damit werden wir verdammt weit kommen!"

Aber ich wischte seine Einwände resolut beiseite.

„Wir haben es verdient, glücklich zu sein."

„Glaubst du wirklich, dass es eine Rolle spielt, was wir verdient haben und was nicht?"

Ich nickte entschieden.

„Wir haben doch nichts mehr zu verlieren! Außerdem... erinnerst du dich nicht mehr an die Geschichte vom Phönix, die du mir erzählt hast? Daran, dass man immer wieder aufstehen soll, wenn man fällt? Es hat nicht besonders viel Phönix-Stil, auf dem Sofa abzuhängen und darauf zu warten, dass man verprügelt wird."

Er lachte und sah endlich wieder so aus wie der Radek, den ich von Anfang an in ihm gesehen hatte.

„Ach Emma... weißt du eigentlich, dass ich dich so sehr liebe, dass es weh tut?"

Er bat mich um ein paar Tage Zeit, um alles mit seinen Freunden zu besprechen.

„Ich will doch nicht, dass die dann meinetwegen Fabio am Hals haben" erklärte er mir. „Ich sag dir Bescheid, wenn alles klar ist."

Und dann hörte ich nichts mehr von ihm. Als ich nach einer Woche bei ihm vorbeifuhr und klingelte, war er nicht da. Wenn ich ihn anrief, erreichte ich nur die Mailbox. Ich rief Eddie an.

„Der Radek ist total stoned, deswegen geht er nicht ans Handy" behauptete Eddie dämlich kichernd. Im Hintergrund hörte ich Stimmen.

„Bist du bei Radek zu Hause?"

„Ja, ich meine, nein, wir sind unterwegs...."

„Holst du ihn bitte mal ans Telefon?"

„Nein, er kann gerade echt nicht, er hat..."

„Ich bin gleich da!"

„Emma, nein, ich hab doch gesagt..."

Aber ich hatte schon aufgelegt und schwang mich zitternd vor Wut auf mein Fahrrad. Radek öffnete mir mit einem schiefen Grinsen die Tür. Kein Kuss zur Begrüßung, keine Umarmung. Er trat nur unruhig von einem Fuß auf den anderen, bis ich mich an ihm vorbei in die Wohnung drängte. Dann sah ich das Geld. Geldscheine auf dem Sofa und dem Bett verstreut, auf dem sich Eddie und Yvonne herumlümmelten. Mir wurde ganz kalt.

„Wo kommt'n das her?"

„Hast du deiner Prinzessin nicht erzählt, was für böse Sachen du machst?" flötete Yvonne und ich warf ihr einen eisigen Blick zu.

„Wir haben 'ne Tankstelle überfallen" platzte Eddie heraus.

„Ihr habt was???"

Radek lachte. Er wirkte aufgekratzt und gelöst, so hatte ich ihn schon lange nicht mehr gesehen.

„Ach, das hört sich wilder an, als es eigentlich war. Eigentlich war´s voll lustig!"

„Lustig? Bist du jetzt total durchgeknallt? Wir wollten doch zusammen weg, ganz weit weg von hier und jetzt hast du noch mehr Probleme am Hals!"

„Huch, jetzt bekommst du aber Ärger" stichelte Yvonne und zwinkerte Radek zu, der natürlich prompt darauf reagierte.

„Eh, krieg dich mal wieder ein. Deine Idee war doch nur 'ne Träumerei, das weißt du doch selber. Eine nette Träumerei, das ja, aber das bringt mich nicht weiter."

Ich starrte ihn wütend an. Er redete mit mir wie mit einem kleinen störrischen Kind. Eine nette Träumerei. Das war ich also für ihn. Yvonne lächelte zuckersüß und boxte ihn gegen die Schulter.

„Wir waren echt 'n super Team bei dem Überfall." Ich setzte mich aufs Sofa und zündete mir mit zitternden Händen eine Zigarette an. Überall diese verdammten Geldscheine. In meinem Kopf rasten so viele Gedanken panisch durcheinander, dass ich Kopfschmerzen bekam. Ich muss etwas tun, dachte ich verzweifelt, ich muss dringend etwas tun. Radek, Eddie und Yvonne waren nicht zu bremsen und erzählten immer neue Heldengeschichten von ihrem Überfall. Als Eddie

und Yvonne um 1 Uhr nachts immer noch hartnäckig auf dem Sofa hockten, beschloss ich, nach
Hause zu fahren.

„Können wir in den nächsten Tagen nochmal in
Ruhe reden?" bat ich Radek zum Abschied.

„Na klar" sagte er und sah an mir vorbei.

Stattdessen kam der Brief. In einem weißen, un-
schuldigen Umschlag lag er hinterhältig in meinem Briefkasten und sah ganz harmlos aus.

Liebe Emma,

*ich habe lange nachgedacht und weiß trotzdem nicht,
wie ich dir erklären soll, was mir durch den Kopf geht.
Mein Leben ist ganz schön kacke, aber ich mag es so
und ich will dich nicht in meinen Mist reinreißen. Du
gehörst da nicht hin. Bitte versteh das nicht falsch,
aber ich bin jetzt mit Yvonne zusammen. Es ist nicht
so wie mit dir, aber ich glaube, es passt besser. Ich liebe
dich und es tut mir leid, dass alles so enden muss. Du
wirst für mich immer das merkwürdigste Mädchen
bleiben, das ich jemals getroffen habe. Aber ich kann
dir nicht geben, was du brauchst.*

Dein Radek

So fühlt es sich also an, wenn man stirbt, dachte ich, während ich konzentriert auf die schimmelige Blümchentapete starrte, um mich an irgendetwas festhalten zu können. Jetzt war er also mit Yvonne zusammen und wahrscheinlich waren alle heilfroh, dass er sich endlich von mir, der dramatischen Zicke, getrennt hatte. Einfach so ausgetauscht gegen eine hässliche Wasserstoffblondine.

„Du hast mich zum glücklichsten Menschen der Welt gemacht", hatte er nach unserer ersten gemeinsamen Nacht gesagt. Der Boden hatte gebebt, als ich ihm das erste Mal in die Augen gesehen hatte. War das mit Yvonne auch so? Liebte er dieses solariumgebräunte Huhn auch so sehr, dass es wehtat? Und warum schrieb er mir diesen mickrigen, kleinen Brief und sagte mir noch nicht einmal direkt ins Gesicht, dass es vorbei war? Er will mich einfach nur loswerden, wie ein lästiges Anhängsel, damit er in Ruhe mit seiner neuen Flamme herumturteln kann, dachte ich und dann begann das Zittern, vom Magen aus breitete es sich bis in alle Körperteile aus und mein Herz raste so schnell, dass es weh tat. Ich musste unbedingt etwas tun, sonst würde ich vor lauter Schmerz den Verstand verlieren. Also rannte ich los, schlug die Wohnungstür hinter mir mit einem lauten Knall zu und radelte so schnell ich konnte zu Radeks Wohnung. Wie oft hatte ich hier vor der Tür gestanden, glücklich, voller Vorfreude, mit einem glucksenden Kribbeln im Bauch. Ich atmete tief durch und drückte auf die Klingel. Gleich würde sich die Tür öffnen, Radek würde mich umarmen und sagen, dass alles nur ein Missverständnis oder ein blöder Scherz gewesen war. Es konnte gar nicht anders sein.

Die Tür öffnete sich, Radek stand vor mir und Yvonne kam sofort herbeigeeilt, um ihm besitzergreifend die Arme um die Hüften zu schlingen. Ich fühlte mich wie ausgeknipst. Als ob jemand meinen Blutkreislauf unterbrochen, das Herz auf Minimalfunktion eingestellt hätte. Tot. Radek sagte irgendetwas und sah mich fragend an, aber ich hatte kein Wort verstanden, weil es in meinem Kopf so laut rauschte. Leere. Weiße, rauschende Leere.

„Meine Bücher" sagte ich schließlich. „Ich wollte nur meine Bücher abholen."

Kapitel 17

Die Musik war laut und schlecht, am Freitagabend fanden neuerdings Technopartys im *Spot* statt, aber das war mir egal. Ich wollte einfach nur tanzen. So lange tanzen, bis es vielleicht irgendwann nicht mehr wehtat. Bis ich nicht mehr das Gefühl hatte, wahnsinnig zu werden vor Wut, Trauer, Demütigung. Alle hatten es gewusst. Während ich weiter wie ein verliebter Trottel um Radek herumgeflattert war, hatten alle seine Kumpels gewusst, dass er mit Yvonne herumschäkerte. Aber ich war mir ja für nichts zu schade. Wieder stiegen die Tränen hoch. Ich kämpfte mich zum Tresen durch.

„Mehr Tequila" brüllte ich Mina zu.

Die schüttelte mit grimmiger Miene den Kopf.

„Für heute reicht's, du hast genug gesoffen."

„Genug?" Ich lachte hysterisch. „Du hast ja keine Ahnung. Genug gibt's nicht mehr für mich."

„Mensch, Emma…" Mina kletterte über die Theke und legte mir den Arm um die Schultern. „Das ist der Typ nicht wert, dass du dich so kaputt machst. Kein Typ der Welt ist das wert."

Ich unterbrach sie genervt.

„Weiß ich doch alles! Aber mein Herz ist in tausend Stücke zerbrochen. Und es tut so sehr weh, dass ich kaum weiterleben kann. Es gibt momentan nur zwei Optionen: Entweder ich bringe mich gleich um oder ich betäube mich so lange, bis das Schlimmste vorbei ist. Was ist dir lieber?" Mina schüttelte nur den Kopf und stellte zwei randvolle Tequila-Gläschen vor mir ab, die ich sofort hinunterkippte und mich dann wieder auf die Tanzfläche stürzte.

Ich fiel. Irgendwo in meinen inneren Abgründen schlug ich auf und war von Dunkelheit umgeben. Kein Licht, kein Oben, kein Unten. Ich verirrte mich im Labyrinth meiner Seele und durch meinen Kopf schwirrten Unmengen von Fragen, während ich zur gleichen Zeit völlig abgestumpft war. Als ob ich in zwei Parallelwelten existierte. Ich hatte das Gefühl, völlig durchzuknallen und manchmal sehnte ich einen Nervenzusammenbruch geradezu herbei. Vielleicht würde ich Josie irgendwo in diesem Psycho-Chaos wiederfinden, wenn ich mich nur meinem eigenen Wahnsinn weit genug ausliefern würde, dachte ich dann. Den Gedanken fand ich beinahe schön. Ich besaß weder die Motivation noch die Energie, um mein Leben wieder in geregelte Bahnen zu bringen. Stattdessen sah ich mir selbst beim Fallen zu, mit dem gleichen Interesse, mit dem man ein hilfloses Insekt beobachtet, das auf den Rücken gefallen ist. Nicht mehr und nicht weniger.

Olaf war einer der ersten in der Clique gewesen, der Ecstasy ausprobierte. Und dann redeten auf einmal alle nur noch von ihren psychodelischen Erlebnissen, von *Raves*, stellten Lavalampen in ihre Wohngemeinschaften und zogen sich neonfarbene hautenge Klamotten an, die in den 80er Jahren hätten aussterben sollen. Für mich stand fest, dass ich als quietschrosa Plastik-Presswurst nicht viel hermachen würde, mit Techno konnte ich nichts anfangen und den Gedanken, dass eine kleine Pille mein Bewusstsein verändern sollte, fand ich gruselig. Zumindest war das so gewesen, bevor Josie durchdrehte und Radek mich abservierte. Danach spielte all das keine Rolle mehr, weil ohnehin nichts mehr eine Rolle spielte. Ecstasy und Kokain wurden meine engsten Verbündeten und treuesten Begleiter, wenn ich wie ein orientierungsloser Schmetterling Nacht für Nacht durch epileptisch zuckendes Neonlicht und stampfende Beats flatterte. Die Partys gaben meinem Leben eine gewisse Routine, die mir beim Weiterleben half. Gegen Nachmittag stand ich auf, duschte, trank Kaffee, rauchte viel, schminkte mich, zog mich an, fand mich hübsch, wirklich hübsch. Ich war zum ersten Mal in meinem Leben so dünn, wie ich immer hatte sein wollen. Dann wurde ich nervös und fieberte der Nacht entgegen. Allein sein war nicht gut, also rief ich all meine Bekannten an. Ich hatte so viele neue Bekannte, jede Nacht lernte ich neue Menschen kennen. Aber ich fühlte mich trotzdem ständig allein. Zumindest gab es immer jemanden, mit dem man sich betrinken oder ein paar Joints rauchen konnte, bis nachts die richtige Party losging. Ich hatte keine Zeit, um zu warten, bis das Kokain oder die Amphetamine wirkten. Wenn ich zu lange wartete, wurde ich todtraurig und weinte nur noch. Die Betäubung musste schneller reinknallen, also trank ich viel Alkohol dazu, bis alles weich in Watte gepackt war und nichts mehr wehtat. Wenn die Nacht zu enden drohte, geriet ich in Panik. Wenn alle nach Hause gingen, um tief und fest und friedlich zu schlafen, blieb ich übrig. Ich hielt es nicht mehr allein mit mir selbst aus. Aber das brauchte ich ja auch nicht. Nicht, wenn man jung und hübsch war und obendrein endlich so dünn, wie man immer hatte sein wollen. Also vögelte ich im Morgengrauen mit irgendeinem Typ, den ich in den Clubs aufgegabelt hatte. Einige von ihnen entwickelten mir gegenüber so eine Art Beschützerinstinkt und boten sich als edle Ritter an, um mich vor meinem Selbstzerstö-rungsdrang zu retten. Ich konnte darüber nur müde lächeln. Es waren nette Jungs und ich fand es nett, dass jemand mich retten wollte. Aber ich wollte einfach in Ruhe weiter fallen.

Am klarsten sah ich meine Situation früh am Morgen, wenn ich nach Hause fuhr. Dann fühlte ich mich unendlich traurig. Der Glamour der Nacht war verflogen und im grauen Morgenlicht blickte mir im Spiegel ein Gesicht mit ver-schmiertem Eyeliner entgegen, das müde und krank aussah. Dann geriet meine Gleichgültig-keit gefährlich ins Wanken. In diesen Momenten fragte ich mich häufig, warum ich überhaupt noch weitermachte. Warum ich nicht endlich konsequent einen Schlussstrich unter mein ver-masseltes Leben zog und mir die Pulsadern auf-schnitt, mich von einem Hochhaus stürzte oder mir – weniger dramatisch – eine Packung Schlaftabletten verabreichte. In diesen Momen-ten war mir bewusst, dass ich nichts mehr hatte, wofür es sich zu leben lohnte. In meinem Leben gab es keine Freunde, keine Liebe, ich ging nicht zur Uni, meinen Traum von einer Schriftsteller-existenz hatte ich aufgegeben, bevor er über-haupt beginnen konnte und ich zerstörte syste-matisch jegliche Chance auf irgendeine Art von

Zukunft. Mit jeder Nacht voller Kokain, Ecstasy und Alkohol, mit jedem lieblosen One-Night-Stand ging ein bisschen mehr von mir kaputt. Wie ein Selbstmord auf Raten. Wenn ich morgens mit dem Bus nach Hause fuhr und die Sonne aufging, dachte ich an Josie und vermisste sie so sehr, dass es mich in Stücke zerriss. Ich weiß nicht, warum ich trotzdem versuchte, mich mehr oder weniger am Leben zu halten. Vielleicht, weil die Hoffnung ganz zuletzt stirbt. Irgendwo in meiner kranken, vermoderten Seele glühte noch ein kleiner Funke vor sich hin, der sich weigerte aufzugeben. Also beschränkte ich mich darauf, meine Betäubung möglichst ohne Unterbrechung aufrechtzuerhalten und mit dem Sterben noch ein bisschen zu warten. Gegen Abend, wenn meine melancholische Weltuntergangsstimmung langsam verschwand und meiner neuen, coolen Gleichgültigkeit wich, fühlte ich mich wieder im Reinen mit mir selbst. Dann fand ich meine Situation gar nicht mehr so schlimm. Ich nahm eben Drogen, um die Zeit totzuschlagen beim Warten – na und? Jeder wartet doch irgendwann mal. Das Problem war nur, dass ich auf gar nichts mehr wartete.

Einmal kam meine Mutter unangekündigt zu Besuch. An einem Sonntagnachmittag im Dezember stand sie mit frischen roten Wangen und einem Kuchenpaket in der Tür.

„Du bist ja immer noch meine Tochter, auch wenn du nicht mehr bei uns wohnst" erklärte sie energisch und marschierte an mir vorbei in die Wohnung. In meinem Zimmer breiteten sich Klamottenberge, überfüllte Aschenbecher und leere Weinflaschen aus und meine Mutter schüttelte missbilligend den Kopf.

„Meine Güte, magst du wirklich so wohnen?"

Ich zuckte nur mit den Schultern, mein Kopf tat furchtbar weh, ich war erst um 10 Uhr morgens nach Hause gekommen.

Meine Mutter schnaubte und setzte Kaffee auf.

„Jetzt trink erstmal einen Kaffee und iss ein großes Stück Kuchen, du siehst ja furchtbar aus!"

„Danke, da fühlt man sich gleich besser" ätzte ich.

Sie sah mich traurig an.

„Müssen wir uns immer streiten?"

„Nee. Du hast ja damit angefangen, dass ich furchtbar aussehe. Weiß ich doch selber."

Ich fühlte mich zum Heulen. Neben meiner rotwangigen Mutter, die Tatendrang und Frische ausstrahlte, sah mein Leben noch heruntergekommener aus. Ich sah mich und meine Absteige durch ihre Augen und schämte mich. Ich würgte schweigend an meinem Stück Kuchen, mein Mund war völlig ausgetrocknet.

„Was macht dein Studium?" fragte meine Mutter schließlich.

„Naja, anstrengend…" wich ich aus. In Wahrheit war ich nur zwei Mal an der Uni gewesen und hatte mich unter all den motivierten Studenten so fehl am Platz gefühlt, dass ich mich danach nicht mehr dorthin getraut hatte.

„Welche Seminare hast du denn dieses Semester belegt?"

Ich versuchte mich an Titel aus dem Vorlesungsverzeichnis zu erinnern, aber in meinem Kopf hämmerte es zu laut. Ich schwieg.

„Weißt du, Emma, als ich so alt war wie du, habe ich auch einmal eine schwierige Phase durchgemacht. Damals war ich auch in so einen Typ verliebt, ich glaube, der war deinem Radek sehr ähnlich. Du weißt schon, viel Charisma, aber noch mehr Probleme. Der hat mich ganz mies behandelt und…"

„Das verstehst du nicht!" unterbrach ich sie wütend. „Ich bin hier nicht das arme Opfer. Ich wusste, worauf ich mich einlasse und ich wollte das alles genau so."

„Und warum bist du dann so unglücklich?"

Weil ich feige bin, dachte ich. Weil ich mich selbst überschätzt habe. Weil ich gedacht habe, dass ich fliegen könnte. Weil man, wenn man einmal geflogen ist, danach nicht wieder durch die Gegend trotten kann, als ob nichts geschehen wäre. Weil ich Angst davor habe, alles verloren zu haben, was Josie und Radek mir gegeben haben. Weil ich mich nicht mehr daran erinnern konnte, wer ich vor Josie und Radek gewesen war. Weil ich mir eine Mutter gewünscht hätte, die mich in den Arm nahm, anstatt mir psychologisch ausgetüftelte Fragen zu stellen.

„Ich verstehe dich nicht" erklärte meine Mutter schließlich, als ich nichts mehr sagte, weil ich mit den Tränen kämpfte.

Ich nickte dazu nur. Ich verstand mich auch nicht.

Ich hatte Olaf lange nicht gesehen und hatte ganz bewusst jegliche Kontaktaufnahme zu meinen früheren Freunden vermieden. Alle hatten mich vor Radek gewarnt und altkluge Kommentare und besorgte Gesichter waren so ziemlich das Letzte, was ich gebrauchen konnte. Außerdem hatte ich ja jede Menge neue Freunde, denen es zum Glück völlig egal war, wie es mir ging. Als Olaf auf einer Technoparty plötzlich vor mir stand und mich umarmte, stellte ich erstaunt fest, dass ich mich riesig freute, ihn zu sehen.

„Mensch, Emma! Seit wann treibst du dich denn auf so durchgeknallten Partys rum? Ich sehe dich noch mit Hippie-Klamotten und deiner Gitarre im Park sitzen!"

Ich grinste gequält und zuckte mit den Schultern.

„Na, ich bin erwachsen geworden."

Er brach in schallendes Gelächter aus, als ob ich einen guten Witz gemacht hätte. Warum fanden die Leute mich eigentlich nur lustig, wenn ich todernst war?

„Komm, lass uns was trinken gehen. Ich lade dich ein!"

Olaf war extrem dünn geworden. Aber das waren wir ja alle. Wenn man jede Nacht durchtanzt und der Magen sich den größten Teil des Tages gegen feste Nahrung sträubt, purzeln die Kilos in Rekordschnelle. Wenn das Ecstasy zu wirken begann, schrillte im Kopf ein Wecker los. Ich musste dann immer an diese Aufziehtiere denken, die man mit einem Rädchen aufzieht und die fröhlich vor sich hinzappeln, bis das Rädchen seine Umdrehungen abgeschlossen hat. Total sinnlos und gleichzeitig so irrsinnig glücklich, dass man es im Kopf kaum aushält. So glücklich, dass ich alle umarmen wollte und das häufig auch tat. Das Gefühl fand ich toll. Es dauerte nur nicht lange genug. Als ich Olaf wiedertraf, ging es mir auf jeden Fall richtig gut. Im Clubraum in der oberen Fabriketage hing ein riesiges Bett an

Seilen von der Decke. Dort lagen wir nebeneinander und erzählten uns, was in den vergangenen Wochen in unserem Leben geschehen war.
Olafs Exfreundin war schwanger. Allerdings
nicht von ihm, sondern von irgendeinem anderen Typen. Trotzdem wollte sie ihn nun wieder
zurück haben. Als Papa sozusagen.

„Ich hab gesagt, ich überleg´s mir..." erklärte er
und grinste verlegen. „Vielleicht tut´s mir ja sogar gut, Verantwortung zu übernehmen, Papa
zu sein, wer weiß."

„Liebst du sie denn noch?"

„Nee. Sie mich ja auch nicht. Aber wir kommen
ganz gut miteinander klar."

„Voll unromantisch!"

Er lachte.

„Eh, was willst du denn? Prinzessin und Prinz
mit weißem Pferd und Regenbogen?"

„Bitte kein Pferd, ich hab Angst vor Pferden!"

„Quatsch doch nicht! Alle Mädchen waren mal
in ´n Pferd verknallt, das ist doch eure erste
presexuelle Erfahrung!"

„Ich nicht!"

Olaf sprang auf und packte mich am Arm.

„Mir ist voll langweilig! Ich hänge hier fast jede
Nacht rum und das sind doch alles nur noch Par-
tyleichen. Im Park um die Ecke gibt's ´ne Pferdekoppel, lass uns reiten gehen!"

„Nee! Ich hab echt Panik vor den Viechern! Hast du mal gesehen, was für riesige Zähne die haben?"

„Los, du Trantüte, komm schon!"

Es war nicht wirklich eine Pferdekoppel, eher eine kleine Wiese mit einem einzigen Pony. Das Pony war eigensinnig und wollte keinen kahlrasierten Kerl mit Federboa auf dem Rücken tragen. Ich lachte Tränen, während Olaf dem Pony vergeblich hinterherrannte und mit beruhigender Stimme vor sich hinmurmelte. Das Pony ließ ihn jedes Mal bis auf Armlänge herankommen und dann, wenn Olaf zum Sprung ansetzte, trabte es mit einem lauten Schnauben wieder los zur anderen Ecke der Wiese. Schließlich gab Olaf auf.

„So ´n sexy Kerl wie ich braucht eh kein Pferd."

Das Pony schnaubte, es klang verächtlich und ich wurde von einem erneuten Lachanfall geschüttelt. Ich hatte seit langem nicht mehr so viel gelacht. Nicht, seit Josie in der Psychiatrie verschwunden war.

„So kriegst du nie im Leben ´ne Prinzessin" zog ich ihn kichernd auf. „Vielleicht solltest du wirklich zurück zu deiner Ex gehen."

„Ja, vielleicht. Dann bringe ich zumindest mein Adoptivkind zum Lachen." Dann schaute er auf die Uhr.

„Was machen wir jetzt? In der Fabrik ist gleich

Sperrstunde, die lassen niemanden mehr rein. Und so langsam wird's hell, ich glaube, ich fahre nach Hause, rauche 'n Joint und höre zur Abwechslung mal gescheite Musik."

Mich überfiel die übliche Panik, allein übrig zu bleiben. So wie jede Nacht, wenn in der Fabrik die Lichter angingen.

„Kann ich mit zu dir kommen?"

Olaf machte ein listiges Gesicht.

„Willst du nur bei mir pennen oder vögeln wir?"

Ich wurde rot und wusste nicht, was ich darauf antworten sollte. Im Endeffekt war das doch der Deal – Sex gegen ritterlichen Schutz vor der Einsamkeit. Es war eben nichts umsonst im Leben.

Aber Olaf lachte schon wieder und tätschelte mir die Wange.

„War'n Scherz, mach nicht so 'n Gesicht! Klar kannste mitkommen, wir sind doch alte Freunde."

Neben Olaf in seine neongrüne Satinbettwäsche gekuschelt schlief ich zum ersten Mal seit langer Zeit wieder tief und fest.

Kapitel 18

Unbewusst begann ich, Olafs Nähe zu suchen und trieb mich in den Clubs herum, in denen er früher oder später auch auftauchen würde. In meinem riesigen Bekanntenkreis war er der Einzige, mit dem ich auch am Morgen nach einer Party noch reden konnte. Nachts mochten wir harte, synthetische Beats. Am Morgen danach hörten wir Velvet Underground, David Bowie und Iggy Pop auf Olafs altem Plattenspieler, schauten alte Folgen der Simpsons, aßen Nutella-Toastbrote und redeten von der guten alten Zeit im Stadtpark. Wenn ich mit Olaf zusammen war, fühlte ich mich etwas weniger verloren. Einmal fragte er mich, woher ich eigentlich das Geld für all die Drogen hätte, die ich mir einverleiben würde.

„Och, ich kriege immer was geschenkt von meinen Lovern" erklärte ich und fügte mit einem Augenzwinkern hinzu: „Das nennt man Charisma."

„Ich würd´s eher Prostitution nennen."

„Quatsch, darum geht es gar nicht."

Und darum ging es tatsächlich nicht. Jedenfalls nicht primär. Die Drogen waren eher so etwas wie eine nette Beigabe. Der wirkliche Grund war viel schäbiger und demütigender. Ich prostituierte mich für ein bisschen Ego-Streicheleinheiten. Indem mich möglichst viele andere Männer liebten, versuchte ich zu vergessen, dass der Eine, den ich wollte, mich nicht liebte. Die Strategie war von vornherein zum Scheitern verurteilt, aber ich sträubte mich gegen diese Einsicht und war immer verzweifelter auf der Suche nach neuen Eroberungen. Ich verspürte einen krankhaften Drang, mich zur Schau zu stellen, bettelte beinahe darum, gesehen und geliebt zu werden. Mit Kokain konnte ich ein paar Stunden lang die Person sein, die ich gern gewesen wäre. Dann stürzte ich ab und brauchte irgendeinen Typ, der mich auffing und dessen Namen ich am nächsten Tag vergessen hatte. Ich konnte mich selbst nicht mehr leiden. Und wenn man sich selbst nicht mag, mögen andere Leute einen erst recht nicht. Nach und nach distanzierten sich immer mehr Menschen von mir.

„Es geht ständig nur um dich! Kriegst du überhaupt noch mit, dass andere Leute auch ein Leben und ihre Probleme haben?" knallte Mina mir eines Nachts an den Kopf, als ich betrunken und wehleidig bei ihr an der Theke hing.

Ich war beleidigt. Mein Verständnis von Freundschaft war das, was ich mit Josie gehabt hatte: Eine bedingungslose gegenseitige Abhängigkeit, in der man alles an dem Anderen zu schlucken hatte, weil man sonst die Zuneigung in Frage gestellt hätte. Wenn Mina sich meine Probleme nicht mehr anhören wollte, war sie auch nicht mehr meine Freundin, schlussfolgerte ich. Olaf war der Einzige, der mich ertrug. Nicht, dass er mir stundenlang zugehört hätte, ganz im Gegenteil. Er nahm mich einfach nicht ernst. Sobald ich versuchte, ihm mit leidendem Gesichtsausdruck von meinem Herzschmerz zu erzählen, machte er Witze oder wechselte das Thema. Aber er ließ mich nicht allein.

Mit Olaf schaffte ich es, hin und wieder ganz normale Dinge zu unternehmen, für die man keine Drogen brauchte. Wir hatten den Keller der Jungs-WG entrümpelt und dabei einen alten Holzschlitten von Ingo entdeckt. Ingo winkte müde ab, aber Olaf und ich wickelten uns winterfest ein und schleppten den alten Schlitten bis zum Schlosspark. Schnaufend stapften wir in der Abenddämmerung den Berg zum Schloss hinauf und zogen den alten Schlitten hinter uns her. Tagsüber waren hier bestimmt Horden von Kindern gerodelt. Unbeschwerte, sorglose, glückliche Kinder. Wahrscheinlich seufzte ich laut, denn Olaf warf mir eine Ladung Schnee ins Gesicht.

„Guck nicht immer wie so 'n Jammerlappen. Ab auf den Schlitten mit dir und ACTION!"

Kreischend und juchzend sausten wir den Berg hinunter, bis wir auf dem zugefrorenen See zum Stehen kamen.

„Nochmal!" strahlte ich.

„Wer als erster oben ist!"

Der Fahrtwind sprühte uns Schnee ins Gesicht und von oben fielen dicke weiche Flocken herab. Ich hielt mein Gesicht mit geschlossenen Augen nach oben und dachte daran, wie meine Mutter mich einmal auf dem Schlitten zur Schule gezogen hatte, als ich noch klein gewesen war. Als ich noch nichts weiter brauchte, als einen Schlitten und ein paar Schneeflocken, um glücklich zu sein. Plötzlich vermisste ich meine Mutter. Ich erzählte Olaf davon.

„Wie warst du eigentlich, als du klein warst?" fragte er.

„Puh, so schüchtern, dass ich mit niemandem sprechen konnte. Stell dir vor, wenn ich zum Brötchenholen geschickt wurde, schrieb ich vorher auf einen Zettel, was ich wollte und hielt der Bäckerin dann stumm den Zettel hin!" Wir lachten beide.

„Vielleicht wollte ich deshalb immer Schriftsteller werden" erklärte ich. „Damit ich mich irgendwie mit dem Rest der Welt verständigen kann, ohne sprechen zu müssen."

„Ich wollte immer Lehrer werden."

„Echt? Du? Das glaube ich nicht!"

„Doch, doch. Schon allein deswegen, weil meine Lehrer alle so scheiße waren. Irgendjemand muss es doch besser machen."

„Bevor Josie durchgeknallt ist, wollte ich Übersetzen studieren. Frei sein, die Welt sehen, den ganzen Tag mit Wörtern zu tun haben."

„Und jetzt willst du´s nicht mehr?"

„Keine Ahnung. Doch, wahrscheinlich schon. Aber ich pack´s nicht mehr. Ich kriege mein ganzes Leben nicht mehr hin."

„Du bist ziemlich krass drauf in letzter Zeit."

„Ja, ich weiß. Kann ich dich was fragen?"

„Hm?"

„Warum sind Ingo und Mina so komisch zu mir? Will niemand mehr was mit mir zu tun haben?"

„Nee, das ist es nicht. Die machen sich echt Sorgen um dich. Aber niemand kapiert, was eigentlich mit dir los ist. Vielleicht macht das den Leuten Angst."

„Dir nicht?"

„Doch. Ich mach´ mir höllische Sorgen um dich."

„Wieso? Als ob du weniger feiern würdest als ich."

„Ich gehe feiern, um mich zu amüsieren. Du

gehst feiern, um dich zu verlieren. Das ist ein riesiger Unterschied."

„Ich will mich auch amüsieren!"

„Nee, willst du nicht. Du bist auf jeder Party das traurigste Mädchen im ganzen Raum."

„Das klingt nicht so, als ob es besonders viel Spaß machen würde, mit mir herumzuhängen."

Olaf zog eine Augenbraue hoch und grinste breit.

„Du bist mein Sozialprojekt, ich erarbeite mir ´n richtig gutes Karma für´s nächste Leben."

Kapitel 19

Nach drei Monaten in der Psychiatrie wurde Josie mit der Diagnose manisch-depressiv entlassen. Ingo hatte sie zufällig in der Stadt getroffen und erzählte davon. Eine Welle der Euphorie durchflutete mich. Mit einem Schlag waren die zwei deprimierenden Besuche und die frustrierenden Telefonate wie vergessen. Ich war mir sicher, dass Josie nun wieder ganz die Alte war, was wiederum bedeutete, dass auch ich wieder eine vollständige Person sein würde, mit einem Wort: Alles würde wieder gut sein.

Wir trafen uns in dem Café, in dem wir früher, als wir zusammen die Schule geschwänzt hatten, häufig die Vormittage verbracht hatten. Sie sah anders aus. Statt der langen Haare, auf die sie immer so stolz gewesen war, trug sie jetzt eine Kurzhaarfrisur.

„Die Haare hab ich mir während der Psychose abgeschnitten" erklärte sie achselzuckend.

„Mich interessieren solche Äußerlichkeiten nicht mehr. Du solltest dich auch mal weniger dafür interessieren."

„Wie kommst du drauf, dass ich mich zu viel für Äußerlichkeiten interessiere?" fragte ich irritiert.

„Guck dich doch mal an! Du bist total dünn geworden! Machst du jetzt Diät oder was?"

„Quatsch, nein, mir geht's einfach nicht gut."

„Und dieser Minirock! Willst du etwa allen hier klar machen, dass du leicht zu haben bist? Naja, aber du hast dich ja schon immer so abhängig von den Typen gemacht..." sie warf mir einen verächtlichen Blick zu.

Ich fühlte Wut in mir aufsteigen und gleichzeitig eine große Ohnmacht, weil ich mir unser Treffen so ganz anders ausgemalt hatte und mir mit aller Macht wünschte, dass es doch noch so werden könnte.

„Ich mache mich nicht abhängig von den Männern" verteidigte ich mich lahm.

„Klar, guck doch mal, wie du dem Radek hinterhergerannt bist. Haben mir die Anderen erzählt. Ich hätte den ja gleich abgeschossen."

Ich schwieg. Das war mitten in den wunden Punkt getroffen. Unzählige Male hatte ich mir ausgemalt, wie ich Radek schon zu einem viel früheren Zeitpunkt verlassen hätte. Wie ich ihm selbstbewusst und stolz gesagt hätte, dass ich mich von niemandem so mies behandeln lassen würde. Aber ich wollte ihn ja gar nicht verlassen. Und wenn man jemanden nicht verlassen will, dann schluckt man und schluckt man, bis man sich mit all den heruntergeschluckten Lieblosigkeiten und Demütigungen so schwer fühlt, dass man sich nicht mehr stolz und gerade aufrichten kann. Ich verspürte nicht die geringste Lust, meine trostlosen Erinnerungen mit Josie zu teilen.

„Wie geht's dir denn jetzt?" fragte ich, um das Thema zu wechseln.

„Ganz gut, ich hab ʼn neuen Freund, hab ich in der Klapse kennengelernt. Total hübsch und der ist völlig verrückt nach mir."

Ich nickte. Es waren ja immer alle Kerle völlig verrückt nach Josie. Dann schwiegen wir beide. Als das Schweigen immer ungemütlicher wurde, begann ich von meinem neuen, exzessiven Partyleben zu erzählen, von den Gedanken, die mir nachts und den ganz anderen Gedanken, die mir morgens nach den Partys durch den Kopf gingen. Aber mitten im Satz unterbrach Josie mich und erklärte, dass sie jetzt gehen müsse.

„Kannst du meinen Kaffee mitbezahlen? Ich hab mein Geld vergessen."

Ich nickte und fühlte mich unendlich traurig.

„Sehen wir uns denn bald mal wieder?"

Sie zuckte mit den Schultern, wich meinem Blick aus.

„Warum nicht, du kannst mich ja anrufen."

Später erzählte ich Olaf von unserem Treffen.

„Wahrscheinlich muss ich mir nur mehr Mühe geben und dann wird es wieder so wie früher" murmelte ich und merkte selbst, wie trostlos das klang.

Olaf warf mir einen skeptischen Blick zu.

„Warum denkst du eigentlich immer, dass Josie die Lösung für alles ist?"

Ich fühlte mich angegriffen, in letzter Zeit schienen alle auf mir herumhacken zu wollen.

„Na, weil sie meine beste Freundin ist, meine fehlende Hälfte."

„Siehst du, das ist das Problem."

„Wie meinste das denn jetzt?"

„Das mit der fehlenden Hälfte, das ist dein Problem. Dir fehlt überhaupt nichts, du bist absolut vollständig. Aber aus irgendeinem Grund hängst du dein Herz immer an Menschen, die dich nicht so schätzen, wie du bist. Josie, Radek. Menschen, die sich nur geschmeichelt fühlen, weil du dich verbiegst und verrenkst, um ihnen zu gefallen. Wahrscheinlich ´n Knacks aus deiner Kindheit oder so."

„Ach, hast du das in ´nem Selbsthilfe-Forum aufgeschnappt?"

„Hab ich etwa nicht Recht?"

„Josie hat ´ne Psychose gehabt und Radek hatte so viele Probleme, dass er…"

158

„Das ist doch Quatsch" fiel er mir brüsk ins Wort. „Alle haben irgendein Problem. Mindestens eins. Man kann das als Ausrede benutzen, um sich scheiße zu verhalten oder man kann versuchen, trotzdem ´n anständiger Mensch zu werden."
Ich lächelte.
„Und du bist so ´n anständiger Mensch?"
„Naja, ich gebe mir Mühe. Mal klappt´s gut, mal weniger." Er grinste. Dann wurde er wieder ernst.
„Halte dich von Leuten fern, denen du nie gut genug bist. Ganz radikal. Du siehst immer was Schönes und Besonderes in jedem Menschen. Das ist ´ne liebe Eigenschaft, aber manche Leute nutzen das aus. Du bringst sie zum Leuchten, holst was Schönes aus ihnen raus, aber im Grunde genommen interessieren sie sich nie für dich, sondern kreisen nur um sich selbst."

Es klang plausibel, was er mir da um die Ohren haute. Aber nicht besonders schön. Ich erinnerte mich daran, wie mies ich mich immer bei Josies Kommentar „…dass du dir dafür nicht zu schade bist" gefühlt hatte. Oder wie es mit meinen Eltern und meiner Schwester immer so gewesen war, als ob ich nicht richtig dazugehören würde. Ich war mir für nichts zu schade, ich hatte keinerlei Rückgrat. Ich fiel und fiel und fühlte mich immer ohnmächtiger in meinem eigenen Leben. Wahrscheinlich wäre Olafs Psycho-Monolog ein guter Anlass gewesen, um einmal ordentlich in mir selbst aufzuräumen. Aber ich verspürte nicht genug Kraft, um mich mit traurigen Wahrheiten auseinanderzusetzen. Ich ließ mich lieber weiter fallen.

Kapitel 20

Olaf hatte Geburtstag. Er schmiss eine Riesen-
party und lud die ganze alte Clique aus dem
Stadtpark ein. Ich wollte eigentlich gar nicht hin-
gehen. Es war so verdammt lange her, es mochte
mich doch sowieso niemand mehr, also was
sollte das? Aber Olaf protestierte wild.

„Das kannst du mir nicht antun! Du bist doch
meine Lieblingsfreundin!"

Also ging ich doch hin. Und wider Erwarten
wurde die Party lustig. Sogar Mina sprach wieder mit mir.

„Warum hast du dich so lange nicht blicken lassen?" wollten Ingo und Ben wissen. Ich fragte
mich argwöhnisch, ob Olaf alle gebeten hatte,
nett zu mir zu sein. Aber dann sprang ich über
meinen Schatten, weil es wirklich gut tat, die alten Freunde um mich herum zu haben. Olaf war
furchtbar süß. Den ganzen Abend scharwenzelte
er um mich herum, achtete darauf, dass ich nicht
eine Minute allein herumsitzen musste und
häufte hartnäckig Kuchen, Salate und Fladen-
brot auf meinen Teller, obwohl ich nichts an-
rührte. Gegen 2 Uhr nachts war das Bier alle und
wir beschlossen, tanzen zu gehen. Ins *Spot*, so
wie früher. Wir tranken viel, wir tanzten viel, wir
waren wieder die lustige, chaotische Clique von

damals. Zwischendurch schleppte Olaf mich zum Männerklo, wo wir uns ein bisschen Koks reinzogen.

„Wusstest du eigentlich, dass Ingo früher mal total in dich verknallt war?" fragte Olaf.

„Der schöne Ingo? Das glaube ich dir nicht!"

„Doch, doch. Die ganze Zeit hat er von deinem Engelsgesicht geschwärmt." Er lachte glucksend.

„Und du?"

„Nee, ich war damals viel zu sehr mit meiner Ex beschäftigt."

„Und jetzt?"

Er tat so, als hätte er mich nicht verstanden.

„Jetzt gehen wir wieder rein, tanzen!"

„Ey, das ist keine Antwort!"

Er lachte und stieß die Klotür auf. Ich lief hinterher und versuchte noch eine Antwort herauszupressen, aber er zerrte mich nur kommentarlos auf die Tanzfläche. Wir tranken weiter, tanzten weiter und verschwanden immer wieder aufs Klo, um ein paar Lines zu ziehen. Ich fühlte mich großartig und hatte die ganze Welt so lieb, dass ich gar nicht wusste, wohin mit meiner Liebe. Dann stand Mina neben mir und legte mir den Arm um die Schultern, als wären wir wieder Freundinnen.

„Was ist'n das mit Olaf und dir?"

„Nichts... was soll sein?"

„Ach, war nur so 'ne Frage. Aber wenn wirklich nichts zwischen euch ist... Ich finde ihn ja total niedlich."

„Olaf? Echt?" erwiderte ich ungläubig und folgte ihrem Blick zur Tanzfläche.

Olaf hampelte dort herum, riss dramatisch zu *Gimme Danger* die Arme in die Höhe und ließ die Hüften in seinen Satinhosen kreisen. Er war nicht mein Typ, noch nie gewesen. Aber auf einmal sah ich ihn mit Minas Augen. Vielleicht war auch der Alkohol schuld daran. Oder das Kokain. Oder die Angst davor, meinen einzigen Freund zu verlieren. Als wir uns wieder auf dem Männerklo trafen, um ein paar Lines zu ziehen, ließ ich meinen Minirock absichtlich höher als nötig rutschen, um auf den Vorsprung über der Toilette zu klettern. Sein Blick wanderte mein Bein hoch. Dann wandte er sich ab, um in Seelenruhe die Lines zurecht zu schieben. Da blieb mir nur der Frontalangriff.

„Warum haben wir beide eigentlich nie was miteinander gehabt?"

Er sah überrascht zu mir hoch und blieb wieder mit dem Blick an meinen Beinen hängen.

„Weiß nicht... sollten wir?"

„Du hast gesagt, dass Ingo früher hinter mir her war. Was war mit dir?"

„Was soll das werden? Fishing for compliments?"

„Nein. Was war mit dir?"

Olaf rollte einen Geldschein zusammen, zog erst eine Line, dann noch eine und wandte sich dann wieder zu mir.

„Ich hab ´n Instinkt dafür, wenn ´ne Frau was von mir will. Und du wolltest nie."

Er grinste breit und reichte mir den Geldschein. Ich zog meine zwei Lines und erwiderte das Lächeln.

„Und was sagt dein Instinkt jetzt?"

„Gehen wir."

Kapitel 21

Ich schlug die Augen auf und fühlte mich im ersten Moment richtig glücklich. Alles war so vertraut. Olafs neongrüne Satinbettwäsche, der Geruch nach Zigaretten und CK One, Velvet Underground in Endlosschleife. Dann stellte ich fest, dass ich völlig nackt war und mir fiel schlagartig alles wieder ein. Olafs Küsse, meine Küsse, gierige Hände, sein Körper, mein Körper, das Gefühl, nicht genug von ihm bekommen zu können, der wirklich wahnsinnigste-fantastischste Sex meines Lebens. Nichts war wie immer, gar nichts. Mir war übel und ich hätte mich am liebsten in Luft aufgelöst. In der Küche hörte ich Olaf herumhantieren und fröhlich pfeifen. Mich durchflutete eine Panikwelle. Das war alles ganz falsch. Mein Herz passte nicht hierher und verurteilte alles zum Scheitern. Ich sollte mich glücklich, zufrieden, gelöst fühlen. Ich sollte in die Küche gehen, Olaf umarmen, am besten gleich noch einmal mit ihm ins Bett verschwinden. Aber bei dem Gedanken bekam ich noch mehr Panik und wusste vor Verzweiflung nicht mehr ein noch aus. In Luft auflösen schien die einzig annehmbare Option zu sein. Ich zog mich schnell an und packte meine Tasche. An der Küchentür blieb ich stehen. Olaf schaute auf und strahlte mich an.

Dann sah er mein Gesicht und sein Lächeln verformte sich zu einer Grimasse. Ich machte eine hilflose Handbewegung, biss mir auf die Lippe, aber da liefen mir die Tränen schon über die Wangen. Olaf blieb reglos stehen und starrte auf das Geschirrhandtuch in seinen Händen.

„Es tut mir so leid" schluchzte ich los und fühlte mich wie die Schnulzen-Tante in einer schlechten Fernsehserie. „Du bist mir unendlich wichtig und ich will dich nicht verlieren, aber ich wollte das nicht!"

Er hob den Kopf und grinste schief.

„So mies war ich im Bett?"

Ich musste unter Tränen lachen.

„Nein, überhaupt nicht, du warst der Beste, mit dem ich jemals... ich meine, es war großartig!"

„Heulst du immer, wenn du großartigen Sex hattest?"

„Nein, aber... sind wir denn jetzt trotzdem noch Freunde?"

„Klar sind wir noch Freunde" sagte Olaf und starrte wieder auf das Geschirrhandtuch.

„Und es bleibt alles wie vorher zwischen uns? Olaf, kannst du mich mal angucken?"

Nach einer kurzen Pause sah er mich an und lächelte.

„Du bist 'ne alte Nervensäge... Willst du 'n Kaffee?"

Natürlich war es naiv von mir gewesen zu denken, dass alles wie vorher zwischen uns bleiben würde. Unsere Freundschaft war schon vorher ziemlich fragil gewesen, wie das eben bei Freundschaften ist, in denen der eine mehr von dem anderen will, als der geben kann. Ich hätte mir nichts mehr gewünscht, als mich in Olaf zu verlieben. Aber es blieb bei dem undefinierbaren Gefühl, dass da zwar mehr als Freundschaft zwischen uns war, aber dass es zum Verlieben nicht reichte. Irgendwo auf halber Strecke machte mein Herz dicht. Ich hätte ihm das gern erklärt, aber ich befürchtete, dass ihn das nur verletzen würde. Also sprachen wir gar nicht darüber und vermieden jedes ernste Gespräch. Es kam seltener vor, dass ich die Nächte bei ihm verbrachte. Nicht, weil ich Angst davor gehabt hätte, dass wir wieder miteinander schlafen würden. Sondern weil Olaf wieder wie verrückt mit allem, was zwei Beine hatte, flirtete und mein schlechtes Gewissen mich dazu zwang, ihm bei seinen Eroberungen nicht mit meiner Anwesenheit im Weg zu stehen. Ich hatte kein Recht, sein Schlafzimmer zu blockieren, wenn ich selber nicht wusste, was ich wollte, erklärte ich mir selbst. Es versetzte mir trotzdem jedes Mal einen Stich, wenn er sich nach unseren Partynächten im Morgengrauen mit irgendeinem Mädchen aus dem

Staub machte und mir zum Abschied noch einmal zuzwinkerte. Und weil ich es nicht ausgehalten hätte, allein nach Hause zu fahren, aber auch nicht länger meine Zeit mit lieblosen One-Night-Stands verschwenden wollte, fing ich an, einfach weiter zu feiern. Nach jeder Party gab es eine After-Party, bis die nächste Party am folgenden Abend wieder anfing. Mit genug Kokain und Ecstasy konnte ich so von Freitagabend bis Sonntagabend durchmachen und war danach so erledigt, dass ich wie ein Stein ins Bett fiel und es mir völlig egal war, ob ich allein war oder nicht. Ich wog nur noch 50 kg, ich war gerade mal 18 Jahre alt und hatte das Gefühl, dass mein Leben vorbei war und es nichts gab, worauf es sich zu warten lohnte.

Irgendeine Samstagnacht im Januar gab mir dann den Rest. Es ging mir nicht gut an jenem Abend. Ich hatte starke Kopfschmerzen und mir wurde immer wieder schwindelig. Das Kokain wirkte nicht, es wollte sich partout kein Gefühl von glamouröser Überlegenheit einstellen. Mühsam kämpfte ich eine Panikwelle nieder. In der Fabrik war es so verdammt voll, dass der Schweiß von der Decke tropfte. Ich ließ meinen Blick über die tanzende Meute schweifen und suchte nach Olaf. Das Atmen fiel mir schwer. Ich hätte mich gern wie so oft mit ihm auf die Außentreppe geflüchtet, um zu quatschen, frische Luft zu schnappen und um mich durch ein paar sarkastische Sprüche aufheitern zu lassen. Olaf stand mit Mina in einer Ecke und winkte mir fröhlich zu, als er meinen Blick bemerkte. Ich winkte zurück und fühlte mich unendlich allein. Das Stroboskoplicht machte meine Kopfschmerzen noch schlimmer. Konnte nicht irgendjemand das verdammte Flackern abstellen? Der stechende Schmerz breitete sich immer weiter aus und die Musik schien direkt auf die am meisten schmerzende Stelle zu wummern. Unerträglich. Und dann noch der verfluchte Nebel. Ich hatte plötzlich das Gefühl, keine Luft mehr zu bekommen. Hatten diese ganzen Leute an einem Samstagabend eigentlich nichts Besseres zu tun, als sich ihr Gehirn wegzuschießen und sich zu einer schwitzenden Meute zusammenzuscharen? Ich kämpfte mich durch das Gewühl bis zum Klo und schlug schnell die Tür hinter mir zu. Zitternd lehnte ich mich gegen die Wand. Mein Herz raste so sehr, dass ich es mit der Angst zu tun bekam. Mir war nach Weinen zumute, nach Schreien, nach einem totalen Ausraster. Aber ich hatte ja noch die Lösung für alles. Schnell breitete ich das weiße Pulver in zwei Reihen auf dem

Klodeckel aus. Bitter lief es mir den Rachen herunter und ich fühlte mich schon besser. Die zweite Line und plötzlich war alles ganz weit weg und unwirklich, wie in Watte gepackt. So ließ sich das Leben aushalten.

„Sternschnuppen, wir sind Sternschnuppen" schoss es mir plötzlich wieder durch den Kopf wie in jener Sternschnuppennacht mit Josie, als wir das Ende der Schule feierten. Als noch alles möglich und alles denkbar gewesen war. Wer eine Sternschnuppe sieht, hat einen Wunsch frei, dachte ich bitter. Na los, wünsch dir was. Mein Herz hämmerte so laut, dass ich keinen klaren Gedanken fassen konnte und das ließ Verzweiflung in mir aufsteigen. Ich hatte das Gefühl, dass es von essentieller Bedeutung war, einen Wunsch in meinem aufgewühlten Inneren zu finden. Was zum Teufel sollte ich mir wünschen? Wollte ich überhaupt noch irgendwas oder war schon alles egal? Draußen vor dem Spiegel herrschte der übliche Trubel aus Kichern, Kreischen, Lippenstift hier, Puder da, Haarspraywolken. Ich schob ein paar protestierende Mädchen zur Seite und starrte mich im Spiegel an. Direkt in die Augen. Wenn es stimmte, dass die Augen der Spiegel der Seele waren, müsste ich doch irgendetwas darin entdecken. Irgendetwas, das noch Sinn machte. Aber da waren nur riesengroße Pupillen, ausdruckslos, starr, angsteinflößend. Verdammt, wenn so meine Seele aussah? „Sternschnuppe, abgestürzt" flüsterte ich mir zu, während ich weiter in die zwei schwarzen Abgründe starrte. Dann drehte sich alles um mich herum, ich hörte das Kreischen der anderen Mädchen von weit, weit weg. Endlich wurde es dunkel.

Kapitel 22

Als ich wieder zu mir kam, saß Olaf neben mir und tätschelte meine Wange.

„Hallo, du Kamikaze-Engel."

Er versuchte, sein gewohntes spöttisch-schiefes Grinsen aufzusetzen, aber ich sah, wie besorgt er war. Langsam nahm ich meine Umgebung zur Kenntnis. Das abgewetzte Sofa, der antike Tisch, die psychodelischen Poster an den Wänden. Irgendwie war ich wohl zu Olaf nach Hause gekommen.

„Willst du was trinken? Ich hab dir Tee gemacht, es gibt leider nur uralten Hagebuttentee, schmeckt ziemlich scheiße."

Ich schüttelte den Kopf.

„Was ist passiert? Ich kann mich an nichts mehr erinnern."

„Du bist erst umgekippt und hast dann nur noch wirres Zeug geredet… ich hab dich auf meinen mageren Ärmchen nach Hause getragen, naja, zumindest die fünf Minuten, bis ´n Taxi gehalten hat. Dann hast du mir die Bude vollgekotzt und ich glaube, ich hab mich noch nie so sehr darüber gefreut, ´n kotzendes Mädchen im Arm zu halten. Das war wie ´ne Wiedergeburt, beinahe mystisch."

Ich versuchte zu lachen, brachte aber nur ein heiseres Krächzen zustande.

„Ich glaube, wir sollten ´n Arzt rufen. Damit wir sicher sind, dass alles okay ist mit dir."

Ich schüttelte entschieden den Kopf.

„Nee, bloß kein Arzt. Ich weiß nicht mehr, was ich letzte Nacht alles genommen hab und ich kann nicht noch mehr Probleme gebrauchen."

„Verdammt, Emma, willst du so weitermachen, bis du stirbst?"

„Ich glaube ja" flüsterte ich und dann schossen mir die Tränen so schnell in die Augen, dass ich keine Zeit hatte, um sie aufzuhalten.

„Wegen dem bekloppten Radek?"

„Ja, auch… Und wegen Josie, sie fehlt mir immer noch. Wegen dir, weil ich mich nicht in dich verlieben kann. Wegen meiner Mutter, die viel glücklicher aussieht, wenn sie in Gedanken in ihrer Jugend ist, als in der Gegenwart. Wegen mir, weil ich alles falsch mache, obwohl ich mich doch nur lebendig fühlen und mit Feuer und Leidenschaft leben wollte. Und jetzt, jetzt bin ich völlig leer und es gibt keine magischen Momente mehr in meinem Leben. Bin ich jetzt erwachsen?"

„Schlaf erst mal, Emma. Du bist völlig durch den Wind."

„Olaf?"

„Hm?"

„Danke. Danke für alles."

In den ersten drei Tagen schlief ich fast pausenlos. Hin und wieder wachte ich auf, um aufs Klo zu gehen und um ein paar Schlückchen von dem scheußlichen Hagebuttentee zu trinken. Dann fiel ich mit zittrigen Beinen wieder ins Bett und schlief weiter. Am vierten Morgen wachte ich zum ersten Mal auf, ohne dass mir die Augen sofort wieder zuklappten. Ich trottete rüber ins Wohnzimmer und hockte mich zu Olaf und Ingo aufs Sofa. Die beiden guckten kichernd die Simpsons und rauchten einen Joint zum Frühstück. Mir wurde bewusst, wie lieb ich sie hatte. Wie zwei große unvernünftige Brüder. Ich wurde traurig, weil ich an Josie denken musste. Und an das Mädchen, das ich einmal gewesen war und das ich irgendwann verloren hatte, als wir uns immer schneller und schneller drehten und schließlich aus der Bahn flogen.

„Kann ich mal telefonieren?"

Mir war ein bisschen mulmig zumute, es war ziemlich lange her, seit ich das letzte Mal mit meiner Mutter telefoniert hatte. Vielleicht will sie mich gar nicht mehr sehen, dachte ich panisch, aber da hatte sie schon den Hörer abgenommen und es war zu spät, um einfach wieder aufzulegen.

„Hallo Mama, ich bin's."

„Emma! Wie schön! Was machst du denn die ganze Zeit?"

Ich konnte nicht antworten, weil ich schon wieder weinen musste.

„Weinst du, Emma?"

„Können wir heute zusammen spazierengehen? Beim Ententeich im Schlosspark?"

„Natürlich."

Meine Mutter war der neugierigste Mensch, den man sich nur vorstellen konnte. Vielleicht ist das eine Berufskrankheit bei Psychologen. Es war mir immer unangenehm gewesen, Freunde mit nach Hause zu bringen und als mein Leben zunehmend komplizierter wurde, wich ich sicherheitshalber selbst den harmlos wirkenden Alltagsgesprächen mit ihr aus. Niemand kam an meiner Mutter und ihren Kreuzverhören vorbei. Mit einem Bombardement aus raffiniert ausgetüftelten Fragen brachte sie in schwindelerregendem Tempo den Müll aus den heimlichsten Abgründen der Seele zum Vorschein. Sie hatte immer Recht mit ihren Schlussfolgerungen, das war das Schlimmste daran. Ich hätte es gut gefunden, wenn sie dieses Talent auf ihre Patienten beschränkt hätte, die ja immerhin freiwillig zu

ihr kamen. Nicht jeder möchte mit seinem See-
lenmüll konfrontiert werden.

„Ich interessiere mich nun mal für meine Mit-
menschen und es ist nicht gesund, Probleme unter den Teppich zu kehren" verteidigte sie sich,
wenn ich ihr vorwarf, dass sie einen erstklassi-
gen Stasi-Offizier abgegeben hätte. Sie machte
mich wahnsinnig mit ihrer Neugier.

An diesem Nachmittag im Januar sagte sie nach
der Begrüßung kein Wort mehr. Wahrscheinlich
biss sie sich die Zunge blutig. Wir stapften
schweigend um den See herum, der Schnee
knirschte unter unseren Füßen und hin und wieder knackte ein Zweig. Sonst war es völlig still.
Ich wünschte mir beinahe eine ihrer aufdringli-
chen Fragen, weil ich nicht wusste, wie ich anfangen sollte.

„Mir geht es richtig scheiße und ich weiß nicht
weiter", erklärte ich schließlich ehrlich.

„Du gehst nicht zur Uni, oder?"

„Nein."

„Das dachte ich mir. Was machst du die ganze
Zeit?"

„Ich versuche zu überleben, aber es klappt
nicht."

„Willst du darüber reden?"

„Nein. Ich habe alles so dermaßen verbockt, da

hilft reden auch nicht mehr."

Meine Mutter nickte nachdenklich.

„Ja. Manchmal ist es wirklich wichtiger, erst einmal zu handeln."

Sie legte mir den Arm um die Schultern und wir gingen schweigend weiter. Januar. Ein Monat, den ich noch nie gemocht habe. Januar ist kalt und dunkel und trostlos. Niemandsland. Ich dachte an Josie und an unseren Traum von einem Haus im Süden.

„Als ich damals in deinem Alter war und diese schwierige Phase hatte, du weißt schon, da hätte ich mir gewünscht, einfach abhauen zu können. Meinst du, es würde dir gut tun, für eine Weile weg zu gehen?"

Ich musste lächeln. Richtig gute Psychologen können Gedanken lesen.

„Was meinst du mit weg?"

„Weit weg. Irgendwo in den Süden."

„Ach Mama!"

Ich hatte meine Mutter noch nie so lieb gehabt wie in diesem Moment, als sie vermutlich alles verstand, aber kaum etwas sagte.

Bis zu meiner Abreise war noch viel zu erledigen. Ich musste mich von der Universität exmatrikulieren, weil das Studium schließlich von vornherein nur eine Notlösung gewesen war. Meinen zukünftigen Wohnort hatte ich noch nie gesehen, aber nach einem Blick auf die Landkarte hatte ich festgestellt, dass Cádiz weit genug weg lag, um einen sicheren Abstand zu meinem bisherigen Leben zu garantieren. Und es gab dort Orangenbäume. Mehr interessierte mich nicht. Ich kündigte meine Wohnung, weil ich nicht wusste, ob und wann ich zurückkommen würde. Und dann war da natürlich noch die Sache mit Josie. Ich konnte doch nicht einfach ohne sie in den Süden abhauen! Wieder lief ein kurzer, glücklicher Film durch meinen Kopf von Josie und mir in unserem Künstlerhaus mit Orangenbäumen auf der Terrasse. Aber als ich sie anrief, stieß ich auf null Begeisterung.

„Na, dann viel Spaß", sagte sie gleichgültig.

„Willst du nicht mitkommen? Vielleicht nicht jetzt gleich, aber du kannst doch nachkommen."

„Nee, das ist nichts für mich."

„Aber früher haben wir doch immer davon geträumt, zusammen als Künstler im Süden zu leben!"

„Das war dein Traum, nicht meiner", erklärte sie mit Nachdruck.

Wir schwiegen uns ein paar Minuten an, aber es gab nichts mehr zu sagen. Ich flüsterte „Tschüs" und legte auf.

Olaf sagte nichts zu meinen Plänen. Er half mir dabei, meine wenigen Besitztümer noch weiter zu reduzieren, bis schließlich nur ein Koffer mit Klamotten und drei Bücherkisten übrig blieben, die ich bei meinen Eltern im Keller lagern würde. Dann war alles erledigt, was zu erledigen war. Ich verabschiedete mich von meinen Eltern und meiner Schwester, schleppte meinen schweren Koffer die Treppe hinunter und warf einen ängstlichen Blick zurück. Noch kannst du alles hinschmeißen und einfach hierbleiben, dachte ich. Dann atmete ich tief durch. Wenn man ein neues Leben will, muss man sein altes Leben nun einmal hinter sich lassen. Olaf brachte mich zum Bahnhof. Eigentlich wäre ich lieber allein gegangen, aber er hatte darauf bestanden. Wir schleppten schweigend meinen Koffer zum Bahngleis hinunter. Es war kalt und grau und mir war trübselig zumute. Olaf trug meine weiße Kunstfelljacke, die er immer so gern gemocht hatte. Die würde ich im Süden nicht mehr brauchen.

„Emma, bevor du wegfährst..." er trat nervös von einem Bein auf das andere. „Ich muss dir noch was sagen."
„Was denn?"
„Weißt du, ich hab ja schon haufenweise Frauen abgeschleppt..."

„Ja, weiß ich, ungefähr die halbe Stadt" unterbrach ich ihn genervt. „Was soll das jetzt?"

„Mann, du machst es mir echt nicht leicht." Er warf mir einen verletzten Blick zu. „Ich wollte dir nur sagen, dass du unter all diesen Frauen was Besonderes für mich warst. Du hast mehrere Schrauben locker und ich werde nicht schlau aus dir, aber für mich warst du immer die Eine. Die Eine, für die ich jede andere Frau stehengelassen hätte."

Ich schluckte.

„Danke, das ist süß von dir und ich…"

„Für sowas kann man sich doch nicht bedanken, du blödes Huhn! Das ist einfach `ne Tatsache. Und wenn du mal wieder meinst, dass du nicht gut genug bist, dann denk dran, dass es diesen komischen Typ in Satinhosen gab, der dich genauso wollte, wie du bist, ohne Wenn und Aber. Mann, ich hätte dich sogar geheiratet und wäre auf ´nem bekloppten Pony angeritten gekommen."

Ich schluchzte laut auf.

„Ey, Emma, nicht schon wieder heulen. Scheiße, du machst mich echt fertig!"

Wir lagen uns in den Armen und heulten beide. Weil es nichts Traurigeres gibt, als wenn man sich selbst beim Glücklichsein im Weg steht. Dann kam die Durchsage von der Einfahrt des

Zuges und Olaf löste sich von mir.

„Warum fährst du eigentlich mit dem Zug nach Spanien und nicht mit dem Flugzeug wie jeder normale Mensch?"

„Weil ich doch zurück auf die Schienen gucken muss" erklärte ich und erntete ein Kopfschütteln dafür.

„Pass gut auf dich auf, Emma."

„Du auch auf dich. Weißt du was, Olaf?"

„Hm?"

„Wenn ich jemals heiraten sollte, dann nur so einen wie dich."

„Das ist aber schön für einen wie mich" ätzte er sarkastisch, aber ich sah, dass er sich freute.

Der Zug fuhr los und ich winkte wie verrückt, bis Olaf in meiner Kunstfelljacke nur noch als kleiner weißer Fleck zu sehen war. Ich presste den Kopf gegen die Fensterscheibe und starrte zurück auf die Schienen, die sich im Horizont verloren.

Kapitel 23

Cádiz. Blauer Himmel und Orangenbäume. Unverständlich gebrüllte Wortfetzen, von denen ich Kopfschmerzen bekomme. Es riecht nach Sardinen, Mofa-Abgasen und dem Müll, der sich am Straßenrand stapelt. Ich wohne bei Esperanza, die bestimmt schon 80 Jahre alt ist und beim Lachen graurosa Zahnfleisch ohne Zähne entblößt. Da sie eigentlich ständig lacht, habe ich mich bald an das Zahnfleisch gewöhnt.

Meine Dachkammer misst vier Schritte von der Tür bis zum Fenster und zwei Schritte von der einen Wand zur anderen. Sobald die Temperaturen steigen, wird das Wasser rationiert. Esperanza füllt tagsüber Wasser in Eimer, Schüsseln und Töpfe, damit wir nach 21 Uhr noch abwaschen und *duschen* können, oder wie auch immer man das nennen will, wenn man versucht, sich mit einem Eimer Wasser das Shampoo vom Kopf zu schütten. Esperanza bereitet das Frühstück für mich zu. Und das Mittagessen und Abendessen. Sie macht mir wild gestikulierend klar, dass meine Röcke zu kurz sind und tätschelt mir häufig über die Wange, tröstlich klingende Wortbrocken murmelnd. Ich bin mir nie sicher, ob sie das tut, weil sie mich gern hat oder weil sie mich für geistig zurückgeblieben hält. Esperanza bedeutet auf Spanisch Hoffnung.

Wenn man seiner Wörter beraubt wird, zerkrümelt die Persönlichkeit. Ich heule vor Frust über meine Drei-Wörter-Sätze mit deutschem Akzent. Die Antworten auf meine minimalistischen Kommunikationsversuche verstehe ich grundsätzlich nicht. Ich lerne wie noch nie im Leben. Nach einem Monat kann ich die Antworten beim Bäcker und im Supermarkt erraten. Nach zwei Monaten wirft Esperanza mir abends beim Abwasch einen Satz in ihrem schnellen, zahnlosen Spanisch zu und ich antworte ohne nachzudenken ebenfalls auf Spanisch. Wir starren uns verblüfft an und dann lacht Esperanza so begeistert los, dass in ihrem Gesicht tausend fröhliche Runzeln tanzen. Ich laufe raus auf die Straße und sperre die Ohren so weit auf, wie ich kann. Um mich herum fliegen Wortfetzen in der in Spanien üblichen Lautstärke und ich stehe ganz still da und fange sie alle auf, lauter neue, schöne Wörter. Man sagt, mit jeder neuen Sprache erwirbt man eine neue Seele.

Nach drei Monaten fange ich an, in der Sprachschule an der Ecke Nachhilfeunterricht in Deutsch zu geben. Der Stundenlohn ist ein Witz, aber die Arbeit macht mir Spaß. Wenn ich abends nach dem Unterricht nach Hause laufe, setze ich mich immer noch einen Moment an den Strand, sauge tief die warme Luft ein, die nach Süden riecht und sage mir, dass ich es bis hierher geschafft habe und dass ich alles andere auch noch schaffen werde. Auch wenn ich noch gar nicht weiß, was das sein soll: alles andere.

Ich denke häufig daran, was Olaf über Josie, Radek und mich gesagt hat. Daran, dass ich in den beiden etwas Besonderes gesehen und zum Leben erweckt hätte. Ich glaube, das ist nur die halbe Wahrheit. Auch ich bin durch Josie und Radek zu einer anderen Emma geworden. Vielleicht bin ich auch einfach nur mehr ich selbst geworden. Dann war mein vermeintlicher Selbstzerstörungsdrang nichts anderes als ein unbeholfener und radikaler Versuch, mich aus der eigenen Haut zu schälen. Fest steht, dass ich aus meinem inneren Chaos etwas an die Oberfläche gebracht habe, das mir beim Weiterleben hilft. Etwas Elementares, Unverwüstliches. Wie auch immer man das nennen mag.

Ich denke oft an meine Mutter. An große Träume und den höchsten Punkt im Leben. Ich habe keinen konkreten Plan für meine Zukunft und ich bin mir nicht sicher, ob aus mir noch „etwas wird", wie meine Eltern das ängstlich am Telefon formulieren. Mit meinen Unterrichtsstunden verdiene ich gerade so viel, dass es mit Müh und Not bis zum Monatsende reicht. Aber die Orangenbäume stehen in voller Blüte, ich wohne bei der Hoffnung in Person und wenn ich mich weit aus dem Fenster meines Dachzimmers lehne, kann ich das Meer sehen. Ein leuchtendblaues, glitzerndes und unendlich weites Meer, in das ich mich nur hineinstürzen muss.

FSC
www.fsc.org
MIX
Papier | Fördert
gute Waldnutzung
FSC® C083411

Zeitfracht Medien GmbH
Ferdinand-Jühlke-Straße 7
99095 Erfurt, Deutschland
produktsicherheit@kolibri360.de